Rainer Gross · Weiße Nächte

Alles fängt harmlos an. Ein Theologiedozent und Myriel, eine Studentin, machen sich gemeinsam auf eine Motorradreise in den hohen Norden Europas. Doch nichts ist harmlos: In seinem Gepäck steckt ein Revolver, und die Fahrt folgt den Spuren einer dunklen Vergangenheit. Damals war er mit Jan und Vera unterwegs, doch Jan überlebte die Fahrt nicht. Jahre später will er die tragische Geschichte in den weißen Nächten des Polarsommers zu einem Ende bringen ...

Rainer Gross geboren 1962 in Reutlingen. Studium der Philosophie und Literaturwissenschaft in Tübingen, danach Studium an einem theologischen Seminar. Er lebt seit 2002 als freier Schriftsteller bei Hamburg.
Für seinen ersten Kriminalroman „Grafeneck" (Pendragon 2007, 5. Auflage) wurde er 2008 für das beste Debüt mit dem Glauser ausgezeichnet.

Rainer Gross

Weiße Nächte

PENDRAGON

1. Kapitel
Das Singen der Reißverschlüsse

Warum nehme ich Myriel mit auf diese Fahrt? Es hat arglos angefangen. Wir haben vom Motorradfahren geredet und wohin wir im Sommer fahren. Sie wird ihren Freund in Luleå besuchen, und ich erzähle von meiner Reise ans Nordkap. Dann können wir ja eine Strecke zusammen fahren. Warum nicht? Aber nichts ist arglos. Mein Vorhaben ist alles andere als eine Urlaubsreise. Warum habe ich zugestimmt? Sie wird mich stören, das weiß ich. Ich sollte auf dieser Fahrt allein sein. Ich brauche die Einsamkeit, um alles wiederzufinden, was ich suche. Ich muss dort hinauf, in den Norden. Nur dort finde ich es wieder. Ich habe den Revolver im Tankrucksack, sie könnte ihn entdecken. Aber ich beruhige mich mit dem Gedanken, dass wir uns jederzeit trennen können. Wenn ihre Anwesenheit mir zu viel wird, fahre ich allein weiter. Da brauche ich keine falsche Rücksicht zu nehmen. Es ist meine Fahrt.

Wem sage ich das? Wieso beginne ich mit diesen Aufzeichnungen, als wäre es eine ganz gewöhnliche Reise? Das selbstverständliche Notieren der Erlebnisse und Gedanken, wie auf früheren Fahrten. Für wen schreibe ich? Ich lege keine Rechenschaft ab, vor niemandem. Ich schreibe nur für mich selbst, für den zeitlosen Augenblick. Denn ich werde später nicht mehr auf diese Zeit zurückblicken können. Dieses Tagebuch wird nicht einmal ein Testament sein, denn ich werde dafür sorgen, dass es mich nicht überlebt.

Wir treffen uns am Morgen vor Myriels Studentenwohnheim. Sie trifft letzte Vorbereitungen, beide Maschinen stehen hochbepackt auf dem Parkplatz, sie bekommt mit Mühe das Bein über die Sitzbank. Wir werden die Vogelfluglinie nehmen geradewegs nach Norwegen über Puttgarden, Helsingborg und Oslo. Im Seminar wird ein anderer an meiner Stelle Neues Testament lehren, die Studenten werden zusammensitzen bei Wein im Alten Stift und über die synoptische Frage disputieren, während ich schon unterwegs bin.

Mit dem Aufbruch überkommt mich das alte Tourengefühl: die ersten Meter, die man fährt. Die vertrauten Straßen, die man lange nicht wiedersehen wird. An der Ampel abbiegen Richtung Autobahn. Eigentlich mag ich Abschiede. Man kappt die Fäden und löst sich vom Alten, vieles ist noch Spiel, und das Neue, mit dem man es zu tun bekommt, ist noch nicht wahr. Ich will mir diesmal nicht die alte Frage stellen müssen, wer ich unterwegs bin. Ich will einfach aufbrechen und jemand sein, irgendjemand.

Abfahrt elf Uhr, Himmel bewölkt, trocken und warm.

Tanken hinter Würzburg auf der A 7, halb zwei. Ich tanke dreizehn Liter bleifrei. Da ist er wieder: der vertraute Ton des Unterwegsseins. Es sind die gleichen Notizen wie damals auf der Fahrt mit Vera und Jan, über Regen in der Rhön und dass wir gut vorankommen. Die Geschwindigkeit liegt zwischen hundertzwanzig und hundertdreißig. Die Ortsnamen erkenne ich auch wieder. Es sind keine Erinnerungen, es sind Beweise, dass das damals alles wirklich war. Keine erfundene Geschichte, sondern Wahrheit. Diese Geschichte ist tatsächlich meine. Das Wiedersehen mit den Orten und Namen rekonstruiert das Geschehene wie bei einem Kriminalfall. Damals hatte alles so arglos angefangen wie jetzt. Hätten wir gewusst, was passieren würde, wir wären sofort umgekehrt. Die Maschine liegt ruhig im Wind und flattert nicht, hinter der Scheibe der Tourenverkleidung herrscht Windstille.

Merkwürdig nur, dass ich nicht allein bin wie sonst auf meinen Fahrten. Vielleicht ist deshalb die Reise mit Jan und Vera so präsent, und die Zeit, die seither vergangen ist, scheint wie nie gewesen. An den Zapfsäulen wieder das umständliche Absteigen, Aufbocken, Zupacken am massigen Gewicht, das mir so gefällt. Schön, wie der Tank sich füllt und schwer wird. Myriel kommt vom Zahlen zurück, ich stecke den Stift ans Fahrtenbuch, lege es zurück ins Kartenfach, ziehe den Reißverschluss zu. Ich habe alles dabei, denke ich. Wie immer. Weiterfahrt Viertel nach zwei.

Ihre japanische Maschine hat einen kleineren Tank als meine. Wir müssen deshalb öfter zum Tanken halten, als ich es gewohnt bin. Die Abstimmung des Fahrttempos aufeinander gelingt unerwartet problemlos. Sie hat einen ähnlichen Fahrstil wie ich und ein ähnliches Reiseempfinden. Wenn es mir zu beschaulich wird, verkürze ich den Abstand zwischen uns, und sie erhöht dann die Geschwindigkeit. Weil sie die schwächere Maschine hat, fährt sie voraus. Beim Überholen schwenke ich als Erster auf die linke Spur und halte sie frei für sie. Ich kann sie beim Fahren beobachten. Ich sehe, wie der Fahrtwind sie schüttelt, die Fransen ihres roten Haars flattern, keck lugen sie aus dem Spalt zwischen Halstuch und Helmrand hervor. Für sie, ohne Vollverkleidung, muss es anstrengend sein.

Nach vierhundert Kilometern, Tanken bei Kassel, machen wir die erste Rast. Wir sitzen am Randstein mit einer Dose Cola in der Hand. Brot, Dosenwurst, Senftütchen, Taschenmesser. Der Abfalleimer ist voller Wespen, die Margarine gelb und weich, von den Büchsendeckeln läuft die Sülze. Ein Sirren in den Ohren, als wären wir ertaubt und könnten uns nur brüllend verständigen.

Im Tankrucksack ist die Zuckerdose aufgegangen, meine Hände kleben und riechen nach Benzin. In der Toilette wasche ich mir die Hände, lasse mir das Wasser kalt übers Gesicht und den Nacken laufen. Ich opfere ein Geldstück und schließe mich auf dem Klo ein, um allein zu sein. Ich sitze und versuche zu begreifen, dass ich tatsächlich wieder unterwegs bin. Das Kreuz tut mir weh, und die Wadenmuskeln verkrampfen.

Draußen Hitze. Myriel sitzt zwischen unseren Maschinen. Sie schaut in die Gegend. Der Motor läuft gut. Ich freue mich nicht aufs Weiterfahren, ich bin einfach froh, wenn ich es tue. Myriel packt den Proviant ein, sie nimmt den Brotlaib zu sich, ich die Margarine. Weiterfahrt kurz vor halb sechs.

Hannover gegen acht, die letzte Tankfüllung, bevor wir die Autobahn verlassen und uns in der Heide einen Übernachtungsplatz suchen.

„Sollen wir nicht lieber in einem kleinen Hotel ein Zimmer nehmen?“, fragt Myriel.

„Zu teuer“, sage ich.

Ich will diese Fahrt so machen, wie ich sie damals gemacht habe. Wir hatten wenig Geld und sparten, wo wir konnten. Das ist mir in Fleisch und Blut übergegangen. Wozu haben wir denn das Zelt dabei? Die erste Übernachtung in der Heide, das gehört dazu.

Ein Schreckmoment beim Losfahren: Ich drehe den Schlüssel im Schloss, drücke den Startknopf und nichts rührt sich. Drücke noch einmal, drehe noch einmal den Schlüssel, dann kommt der Schreck: eine Panne! Ich rufe Myriel herbei, damit sie mir hilft, die Maschine von den Zapfsäulen wegzuschieben. Am Randstein will ich nachsehen, was nicht in Ordnung ist. Dabei entdecke ich, dass ich bloß an den Zündnotschalter gekommen bin. Darauf fall ich noch jedes Mal rein, lache ich und lasse mir nicht anmerken, dass ich unterwegs nichts mehr fürchte als Pannen.

In der Heide. Wir nehmen die Abfahrt Egestorf und geraten auf schmale, birkengesäumte Landstraßen. Ein bleiches Licht liegt über den Wiesen. In ein kleines Waldstück mündet ein Weg, guter Boden, sandiger Rasen ohne Widerstand für die

Heringe. Das Aufschlagen des Zelts ist Teamarbeit. Obwohl wir nur zu zweit sind, geht es recht schnell, zwanzig Minuten brauchen wir. Myriel weiß sofort, worauf es ankommt. Später werden wir das im Schlaf können: das Ausbreiten der Plastikunterlage, das Entrollen des Zeltes darüber mit dem Eingang in die gewünschte Richtung, das Durchschieben der drei Aluminiumstangen durch die Führungen am Außenzelt, das Emporwölben und Einbiegen der Enden in die Laschen am Saum, dann das Einhängen der mit Karabinerhaken versehenen Umschläge der Unterlage in die Ringe an der Innenseite des Außenzelts. Das Innenzelt hängt von selbst.

In der Schwüle kleben uns die Kleider am Leib; nach dem Einräumen ziehen wir uns um. Die Lederanzüge und Stiefel verstauen wir in der Apsis. Erst als wir die Maschinen zudecken, fällt uns ein, dass wir unterwegs den Wassersack nicht gefüllt haben. Myriel bietet sich an, ins nahe Dorf zu gehen, während ich das Abendessen vorbereite.

Über dem Feld jenseits der Straße sinkt fahl die Sonne in den Dunst. Die Beeren der Ebereschen leuchten. Ich komme mir vor wie fahrendes Volk, das sein Lager aufgeschlagen hat draußen auf der Waldwiese, fahrendes Volk mit Pferden und

Wagen. Als Myriel zurückkehrt, trägt sie kalktrübes Wasser im Sack.

„Ein Zweihundertmeterdorf die Straße entlang“, erzählt sie. „Backsteinhäuser, Bauernhöfe. Die Leute sind außerordentlich hilfsbereit.“ Außerordentlich, sagt sie. Solche Wörter benutzt sie oft. „Sogar eine Werkstatt gibt es.“

Ich bin froh, das zu hören, denn eine Strebe meines Gepäckträgers ist gebrochen und muss geschweißt werden.

Dämmerung. Mücken tanzen in der grauen Luft. Ein Flugzeug zieht am Himmel. Wir haben uns eingerichtet auf den Isomatten zwischen Motorradkoffern, Taschen und Tankrucksäcken, die verpackten Schlafsäcke als Kopfkissen. Ich koche Tee und mache eine Büchse Pichelsteiner warm. Die vertrauten Hantierungen mit den vertrauten Gegenständen, die Spiritusflasche, die Streichhölzer, die Aluminiumtöpfe. Myriel schaut mir zu. Der vertraute Geruch vom Brenner sagt mir: Du hast‘s geschafft. Du bist endlich unterwegs.

Später liegen wir bequem und satt. Die Laterne brennt, draußen ist es dunkel geworden. Wir reden wenig. Das Sirren in den Ohren ist in der Stille noch lauter. Ich habe mir meine Pfeife angesteckt und blase Rauchringe gegen die Decke.

„Darf ich auch mal?“, fragt Myriel. Sie nimmt einen Zug und inhaliert statt zu paffen.

„Hast noch genügend Zeit, es zu lernen“, sage ich arglos. Was ich manchmal so daherrede. Aus den Augenwinkeln bemerke ich, dass sie mich seltsam anschaut.

Die Gazewände des Innenzelts sind im Kerzenschein undurchsichtig, hängende Licht- und Schattenbahnen. Myriel ist in den Schlafsack gekrochen und denkt nach, einmal will ich sie ansprechen, aber da ist sie schon eingeschlafen.

Ich weiß jetzt, am Ende dieses ersten Tages, nicht, was ich von allem halten soll. Ich bin einfach froh, dass es gelungen ist, dass nun alles von selbst geht. Das schafft Ruhe in mir. Das Unterwegssein mit Myriel ist angenehmer, als ich erwartet habe. Die Erinnerungen an die Fahrt mit Jan und Vera, die immer wieder auftauchen, stören mich nicht. Im Gegenteil: So kann ich die Vergangenheit vielleicht abtragen wie einen Berg, Stein um Stein.

Ich muss noch einmal hinaus, nehme die Laterne, öffne das Zelt, die Reißverschlüsse singen ihren vertrauten Ton. Die Nacht ist kühl, das Gras feucht. Ja, denke ich: Jetzt hat‘s angefangen.

*

Ich habe schlecht geschlafen. Das tue ich in der ersten Nacht immer. Der Himmel ist bedeckt, auf der Straße schon Verkehr. Im Wald hängen wir den Wassersack an einen Baum und waschen uns mit dem lauen Rinnsal, bis er leer ist. Der Geruch von Myriels grüner Flüssigseife. Wir müssen die Waschlappen gründlich ausspülen und knoten sie in meiner Verkleidung an eine Strebe, damit sie während der Fahrt trocknen. Bevor wir auf die Autobahn zurückkehren, muss ich im Dorf den Gepäckträger schweißen lassen.

Eine kleines Heidestädtchen mit Kopfsteinpflaster, einer Ampel, einem Supermarkt. Am Ortsausgang das Schild: Waldbad, beheizt. Von den Kartoffeläckern draußen führen drei Straßen heran und kreuzen sich. Dort steht auf Rasen die Backsteinkirche, mauerumfriedet, daneben ein Hühnerhof dämmernd unter alten Eichen. Die Idylle rührt mich. Ein Friede liegt darin, den ich selbst nicht habe. Ich bin unterwegs in den Norden, auf einer Suche, die mich mein Leben kosten wird. Gern würde ich hierbleiben können, meinen Frieden finden, mit den blauweißen Autobahnschildern im Kiefernwald wie Wegweisern zu frohen Festen.

Der Mechanikergeselle in der Werkstatt will einen Zehner fürs Elektroschweißen. Das ist billig.

Zuvor muss er die Batterie abklemmen, damit es keinen Kurzschluss gibt. Das habe ich noch nicht gewusst.

Hinter Oldenburg wird die Autobahn zu einem Schnellweg ans Land-Ende. Alle hier haben dasselbe Ziel. Pappelreihen, Weiden, das mähnige Gras im Wind von hartem Glanz überflogen. Plötzlich öffnen sich stählerne Wasser und liegen Inseln tief unten, hoch ragen die Brückenpfeiler und heben die Fahrbahn hinweg über den Sund ans andere Gestade.

„Einfach?“, fragt mich das Fräulein am Fährschalter auf Fehmarn.

„Einfach“, antworte ich und denke, dass es damals mit Jan und Vera alles andere als einfach gewesen ist. Auf der Fähre haben die Schwierigkeiten schon angefangen, wenn ich mich recht erinnere. Ich sehe Veras abweisendes Gesicht vor mir, eine Gleichgültigkeit gegenüber der Fahrt, die mich verletzt. Jan ist mein Freund, mein Kommilitone, wir haben viel zu dritt unternommen, haben einander immer vertraut. Jetzt gibt es mir einen Stich, wenn sie bloß mit ihm redet. Immer habe ich das Gefühl, dass sie zu ihm freundlicher ist, dass alles, was er sagt, richtiger ist, dass sie seine Maschine bequemer findet. Willst du mit ihm fahren?, frage ich einmal provozierend. Ist dir das lieber? Wir können uns so rasch und so tief verletzen. Ich werde wütend und sage Dinge, die ich bereuen müsste, aber nicht bereuen kann. Dann wieder ist sie anhänglich und streicht während des Fahrens über meinen Oberschenkel, lacht, wenn ich ihr etwas zeige. Ich verstehe sie nicht. Ich wollte, dass es zwischen uns ganz einfach wäre, dass es einfach Liebe wäre und nichts weiter.

Der Hafen mit dem Zoll, den Wartespuren, den Fahnenmasten, den weitläufigen Kajen gibt ein Ferngefühl. Von einer Tafel lese ich auf Dänisch die Bitte um Verständnis für unvermeidliche Verzögerungen ab, Myriel muss lachen. Es ist schön, wenn sie lacht. An den Masten rütteln Fahnen, skandinavisch bunt. Wenn die bunten Fahnen wehen, singt Myriel – tatsächlich: Die Fahrt geht übers Meer.

Myriel kennt das noch nicht. Wir werden wie immer als Erste eingewunken, an die Seite zwischen Heizungsrohre und Taurollen, wo nur Motorräder hinpassen. Dort stehen die Fahrer beieinander, zwei Schweizer, ein Italiener, ein Holländer. Myriel stellt sich dazu, ich folge ihr, obwohl mir nicht nach Unterhaltungen zumute ist. Man kommt ins Gespräch, über Ziele und Skandinavienerfahrungen. Einer der Schweizer ist wie ich zum Nordkap unterwegs.

„Meine Verlobte wollte nicht mit“, sagt er, „da bin ich eben allein los. Ist sowieso besser“, meint er.

„Vielleicht sehen wir uns nachher auf dem Sonnendeck“, sage ich.

Dann stellt sich Myriel an die Reling und füttert die Möwen. Ich sehe ihr dabei zu. Sie formt kleine Kugeln aus dem Brot und wirft sie in die Luft, versucht, die Vögel zu Flugmanövern zu verführen. Manche lassen sich reglos nahe herantragen, bleiben gleichauf, äugen, fallen auf einmal zurück und steigen wieder, segeln hoch über der Brücke, so dass man den Kopf in den Nacken legen muss.

Als Rødbyhavn in Sicht kommt, enttäuen wir unsere Maschinen, bleiben aber daneben stehen, bis die Stöße vom Andocken vorbei sind. Der Italiener ist voreilig aufgesessen und kippt mit seiner Tausender um. Sofort sind wir bei ihm und helfen wuchten, allein bekäme er sie nicht mehr hoch. Er bedankt sich, steigt auf und tut, als wäre nichts gewesen.

„Schön, dass Motorradfahrer einander so helfen“, meint Myriel.

„Dem war das peinlich“, sage ich. „Hilfe annehmen kann nicht jeder.“

Am Zoll geht es ohne Kontrolle weiter, die Schalter sind verwaist. Früher, erinnere ich mich, blieben wir im Pulk und ließen Nachzügler in die Reihe. Anfangs sah es immer so aus, als müssten alle die Ausweise zeigen, doch als die ersten drei sich umständlich die Handschuhe ausgezogen, die Jacke geöffnet und die Brieftasche herausgekramt hatten und sie dann noch den Helm absetzen sollten, um das Gesicht zu zeigen, winkten die Beamten alle durch.

Hinter dem Zoll fängt gleich die Autobahn an. Diejenigen, die sich an die Geschwindigkeitsbeschränkung halten, bleiben beieinander, die anderen ziehen vorbei und verschwinden. Bald ist die Autobahn leer. Hinter Hecken aus Hundsrosen liegen die Rastplätze. Tische und Bänke, Klohäuschen, einen von ihnen erkenne ich wieder, als wir halten. Da ist der Wasserhahn, an dem Vera das rostige Wasser zapfte, für unsere Übernachtung am Strand. Myriel füllt den Wassersack, während ich die Karte studiere. Strand oder Wald?, frage ich und kann nichts dagegen tun, dass ich dieselbe Frage stelle wie damals. Ich wehre mich nicht dagegen, lasse mich sinken in die Wiederholung. Genau das habe ich ja gesucht auf dieser

Fahrt. Ich bin wie ein Fährtenleser und sammle die Steinchen auf, lauter Bilder, die ich vor Jahren hier verloren habe. Selbst die vom Zucker verklebten Tütensuppen im Tankrucksack, die paar Worte beim Anhalten, das lange Alleinsein während der Fahrt – alles ist eine Spur. Wir fahren zur Køgebucht, sage ich deshalb zu Myriel wie damals zu Vera. Da wissen wir, was uns erwartet.

Lagerplatz bei Greve Strand, Viertel vor sechs.

Sanddünen und Rosenhecken. Von der Ortsstraße führen Wege zwischen Grundstücken hindurch zum Strand. Hinter den Pappeln liegen Häuser mit Veranden, Pfade laufen durch den grasbeschopften Sand. Am dunstigen Horizont kann man Schweden erahnen. Boote dümpeln an Bojen vertäut. Das Wasser ist warm und der Sandgrund hart, waschbrettgeriffelt.

Zum Essen kochen wir Grünkernsuppe aus der Tüte, Risotto und Tee. Ich koche auf beiden Kochern gleichzeitig, sie stehen in der vorderen Apsis im Sand. Beim Kochen spüre ich es mit jedem Handgriff: eine Genugtuung, eine Einfachheit, die alles klärt. Ein nicht abreißender Strom von Augenblicken. Umsicht und geübte Handgriffe, die Hände erinnern sich, als läge keine Zeit dazwischen. Es ist alles wieder da.

Myriel geht umher und sucht Muscheln. Ich schaue den Möwen zu, wie sie schreien. Als meine Füße am Meeressaum nass werden, überkommt mich eine unerklärliche Lust. In Bocksprüngen wollte ich den Wellen nachjagen, der Sand spritzte unter meinen Füßen, ein albernes Rumpelstilzchen wäre ich gern, Ach-wie-gut-dass-niemand-weiß – aber ich bleibe starr stehen. Ich kann mich nicht rühren. Mein Vorhaben lastet auf jedem Augenblick. Myriel ist unbeschwert. Beim Geschirrspülen spielt sie Schiffchen und lässt die Töpfe treiben, lässt sie kreiseln und sich drehen im Strom. Ich muss lachen und fange die Schiffchen wieder ein.

„Als Kind wollte ich Kapitän werden", sage ich.

„Das glaube ich dir nicht", erwidert sie.

Das Wasser ist lau und watet sich seidig, das Schäumen und Ziehen, Gurgeln und Saugen, das Wasser mit den Beinen zu schieben schafft Frieden. Draußen stehen wir an der letzten Sandbank, im tiefen Zug und Schlag des Wassers, auf einmal nebeneinander. Ich sehe, wie ihre schmalen Füße im Sand einsinken, sehe die Körnchen an ihren Waden kleben.

Später legen wir uns hin und schieben die Schlafsäcke ins Genick. Wir trinken Tee und reden bei Laternenlicht über die Eindrücke des Tages.

In der Dämmerung erlischt der Strand. Klein das Zelt in den Dünen, von innen erleuchtet. Lichterketten ragen weit hinaus ins Blau. Køge, Kopenhagen, ein Leuchtturm.

Mitten in der Nacht stehe ich noch einmal auf und lege mich ich in eines der vertäuten Boote. Der Himmel bleich von Gewölk, draußen vom Meer nähert sich Dunkelheit. Das Boot bekommt Wasser unter den Kiel, hebt sich und beginnt zu treiben; die Flut läuft auf. Der Bord über mir, der Mast, der Himmel. Es ist mein Boot, denke ich: Ich liege in meinem Boot und fahre langsam aufs Meer hinaus, auf die tropische Lagune, am Palmensaum entlang bis zum Korallenriff, ich ankere mit meinem Boot draußen in den Keys, wo das Wasser grün ist und klar wie Glas. Ich werde fahren bis an den Horizont, liegen in meinem Boot, den Mast über mir und den Himmel, ich werde altgeworden sein und meine Augen werden die Farbe des Meeres haben.

*

Am Morgen ist das Wasser kalt. Kalt und grün, die Sandbänke schimmern. Auf einer von ihnen liegt mein Boot aus der Nacht, rotgestrichen, angeleint. Die Gedanken von gestern Nacht spuken mir im Kopf herum. Ich mache ein Andeutung Myriel gegenüber.

„Erzähl doch mal“, sagt sie.

„Ich kann nicht“, antworte ich. „Ich müsste dir eine Geschichte erfinden, damit ich das könnte.“

„Dann tu’s doch!“

„Marcella kam mit Manuel“, erzähle ich, wie es mir gerade einfällt. „Sein Boot lag im Hafen. Herbert war auch da und Ludwig, die die Baustelle beaufsichtigten, und ich, mit wundgelaufenen Füßen. Wie wir damals alle zusammengekommen waren, weiß ich nicht mehr. Es war eine wilde Zeit.“

Sie schaut mich unter ihren Stirnfransen hervor an, lächelt süffisant. „Das ist doch keine Geschichte“, meint sie.

„Doch“, sage ich. „Das ist der Kern einer Geschichte. Die Wirklichkeit ist wie ein Geflecht. Alles hängt mit allem zusammen, und wenn man ein Stück herausnimmt, um eine Geschichte zu bekommen, muss man die Fäden auftrennen. Das hört sich dann eben so an.“

„Das ist doch keine Erklärung“, meint sie. Aber ich weiß, dass es stimmt. So ergeht es mir mit aller Geschichte: überall lose Fäden.

Nach dem Frühstück schwimme ich im hüfttiefen Wasser, der Sand unter mir ist weiß wie Schnee.

Ich lege mich auf den Rücken und lasse mich treiben, doch als ich mich umdrehe und schwimmen möchte, ist das Wasser zu seicht, ich stoße mir die Knie an.

Zähneputzen in der Sonne. Auf der Sandbank sammeln sich Möwen. Haufenwolken ziehen herauf wie Segel, es wird ein schöner Tag. Der richtige Tag, um nach Schweden überzusetzen.

Hälsning från Helsingborg. Ich habe mich auf die Stadt gefreut, auf ihren sonnigen schwedischen Gruß, aber plötzlich rührt sie mich überhaupt nicht. Ich bin stumm, ich weiß nicht wieso. Ich stehe im Heck der Fähre und sehe den Hafen näherkommen, überm Land hängen dunkle Wolken. Die Überfahrt dauert gerade mal zehn Minuten. Ich weiß, was uns im Hafen erwartet: der Bohlensteg, in den Eisenbahnschienen eingelassen sind; im Tross fahren wir am Bretterzaun entlang, der den Zollbereich von der Stadt trennt; unter der geöffneten Schranke kommen wir hindurch mit gelangweilten Beamten; dann Maschendraht und zeitiges Einordnen, Ein-Norden, die grünen Schilder der Europastraßen Richtung Stockholm oder Richtung Oslo. Hangaufwärts liegen der Park und der alte Festungsturm. Aber eigentlich will ich das alles so schnell wie möglich hinter mir haben.

Tanken in Ängelholm hinter Helsingborg.

Ich muss Myriel helfen, ihre Maschine aufzubocken, weil sie an den Haltegriff nicht mehr herankommt und die Maschine mit dem ganzen Gepäck für sie zu schwer ist. Aber sie hat kein Wort gesagt. Erst als ich bezahlt habe und wieder herauskomme und sie immer noch dasteht, verstehe ich, was los ist. Dass sie sich wortlos an der Maschine abmüht, regt mich auf. Ich weiß nicht, weshalb ich so gereizt bin. Und dann will sie Öl nachfüllen und bittet mich um meinen Ölkanister.

„Was ist mit deinem?", frage ich.

„Den habe ich in der Reisetasche ganz unten im Gepäck", sagt sie.

„Kein Wunder", knurre ich, „dass du zuhause nur eine Stunde zum Packen gebraucht hast. Wahrscheinlich hast du alles planlos zusammengestopft!"

Ich gebe ihr das Öl. Am Abend soll sie anders packen.

Erst als ich die Landschaft wiedersehe, fühle ich mich wohler. Die schwedischen Namen, die vierspurigen Straßen über den Hallandrücken, die Wälder am Horizont, die Weizenfelder mit den blutroten Gehöften darin. Die lang sich hinziehenden Granitrücken heißen *ås*, sie sind es, die das Land so weit machen. Von ihnen aus hat man

Fernsicht und sieht die Wolken tiefgestaffelt am Himmel stehen.

Drei Stunden später auf einem Rastplatz vor Göteborg. Ich zeige Myriel die Stelle, wo vor Jahren unser dreier Zelt stand.

„Drei wer?“, fragt sie.

„Drei Freunde“, sage ich nur.

Sie schaut mich wieder seltsam an. Ob sie etwas ahnt? Von meinem Vorhaben kann sie nichts wissen, und auch nichts davon, was in meinem Tankrucksack versteckt ist.

„Warum machst du eigentlich diese Tour?“, fragt sie mich.

Ich zucke mit den Schultern. Ich kann es ihr nicht sagen. Wir setzen uns an einen der Tische und essen.

„Ich schlage vor, dass wir auf Tjörn und Orust übernachten“, sage ich. „Das sind Inseln an der Westküste.“

Myriel meint nichts dazu. Ich weiß nicht, woher ihre Schweigsamkeit plötzlich kommt. Über Schweden verliert sie kein Wort, als sei ihr das alles gleichgültig. Wie damals Vera.

Das Wiedersehen mit diesem Ort berührt mich merkwürdigerweise nicht. Wenn ich einen Ort von damals wiedersehe, fällt mir auf, ist es wie ein zufälliges Zusammentreffen, ein Lokaltermin, ein Eintreten erwartbarer Umstände. Nichts kann dort wiederaufleben oder bewältigt werden. Ich erlebe nichts als mich selbst: meine Geschichte und ihre Unausweichlichkeit. Myriel wartet geduldig, während ich ins Fahrtenbuch schreibe. An der Tankstelle füllen wir den Wassersack.

Tjörn und Orust. Ich sitze auf meiner Maschine und blättre im Wörterbuch. Es sind schöne Inseln: roter Porphyr und grüner Wald, hohe Brücken von einer zur anderen, schmale Sträßchen im Inselinnern hügelauf hügelab durch Bilderbuchwinkel eines schwedischen Sommers. Ich weiß nur ungefähr, wo wir sind, die Karte ist zu ungenau. Alle Wege enden an Zäunen oder Häusern, niemand baut einen Weg, der einfach so irgendwohin führt. Jetzt haben wir einen See gefunden, deshalb blättre ich im Wörterbuch und versuche herauszufinden, was uns die Informationstafel zu sagen hat. *Skyddat* heißt es: „geschützt“. Es ist ein Wasserschutzgebiet. Das Wagenwaschen ist verboten, von Zeltaufbauen steht nichts da.

Um Viertel vor neun haben wir einen Lagerplatz gefunden. Ich habe einfach den nächstbesten Schotterweg genommen, bin mit der Maschine ins Gelände gerüttelt und in einem Wiesental gelandet, das an einem See endet.

„Da haben wir Glück gehabt“, meint Myriel.

„Nein“, sage ich. Ich bin wütend. Die lange Irrfahrt und das nutzlose Suchen reizen mich zur Weißglut. „Das hat mit Rücksichtslosigkeit zu tun.“

„Rücksichtslosigkeit?“

„Die Widerstände“, sage ich. „Das reizt mich. Irgendwann ist mir alles egal. Sogar meine Ansprüche an einen schönen Lagerplatz. Dann geht es nur noch darum, irgendwo bleiben zu können.“

Myriel schaut mich erstaunt an. Sie kennt mich so nicht. Vera kannte mich so. Viel zu früh. Es soll mir egal sein.

Das Tal verläuft zwischen zwei Bergrücken, die die einstige Stoßrichtung des Eises kennzeichnen. Wo der Gletscher tief ausschürfte, hat sich Wasser gesammelt und den See gebildet. Das Wiesenufer ist sumpfig, draußen spiegelt der See die steilen Felsufer und Bäume. Der Stein ist Granit; körnig mit dunklem Gemenge und Quarzeinsprengseln, die Oberfläche ist narbig und von Rillen gefurcht. Gletscherschliff. Flechten blühen darauf wie Teppichmuster, weißgrüne Kissen aus Isländisch Moos, rund buckelt sich der Fels in einen knisternden Märchenhain aus Kiefern. Dort finde ich Pfade, die durchs Dickicht laufen, durch Lichtinseln und Baumschatten, und oben auf dem nackten Kamm hat man den Blick über den See und thront wie auf einem Hünengrab.

Im Hain ist es warm und stickig. Ich streune barfuß durch die Heidelbeeren, sammle das zähe aromatische Holz der *pinus silvestris* und die blanken, vom Faulschwamm mürben Eichenprügel. Ich gerate in Wacholderdickicht und stehe plötzlich über dem Wasser, und eine Zeitlang hallen die Schläge meines Beils weithin. Schwer, sich vorzustellen, denke ich und wische mir den Schweiß von der Stirn, auf gleicher Höhe mit Labrador zu sein.

Abend am See. Es ist ein gutes Feuer, das ich da entzündet habe. Das Harz der Kiefern fackelt und riecht scharf. Myriel sieht mir zu bei den Verrichtungen, schweigend. Die Erde beginnt zu brändeln und gibt einen sauren Geruch.

„Hier muss man aufpassen“, sage ich, „von zuhause bin ich Kalksteinboden gewöhnt, da besteht weniger Gefahr.“

„Und gleich servierst du mir gegrillten Leguan zum Essen“, sagt sie in spöttischem Ton. Ich verstehe die Anspielung nicht.

Wir rösten Speckscheiben über der Flamme, wärmen eine Dose Mais im Topf, stellen den Wasserkessel in die Glut. Einen Becher Tee, eine Pfeife Tabak. Ich rauche die schottische Mischung und lecke mir das Fett von den Lippen. Myriel trägt mehrere Ringe an den Fingern, vielleicht ist ein Verlobungsring darunter. Ob ihr Freund sie sehnsüchtig erwartet? Oder wird er sie gleichgültig begrüßen, einen harmlosen Kuss auf die Wange, wo sie doch eine solche Strecke zurückgelegt hat? Wie es Vera oft getan hat.

„Betest du nicht vor dem Essen?“, fragt mich Myriel. „Ich kenne das von früher, Komm-Herr-Jesus-sei-unser-Gast und so.“

Ich zucke die Schultern. „Ich lehre Neues Testament, das reicht.“

Eine lange Dämmerung senkt sich über den See. Das Wasser, das unten am Stein lappt, ist lau und matt. Myriel geht allein hinunter, zieht sich aus, steigt hinein. Ich schaue ihr zu dabei. Gern würde ich das auch tun. Im fahlen Schein hinausschwimmen, unerkannt, silberne Wellen werfen, leise im geschützten Wasser. Überall hinkommen, wo sonst keiner hinkommt. Nackt sein, über Felsen steigen, dunkle Spuren hinterlassen. Warum tue ich es nicht? Täte ich es, wenn ich allein wäre? Sie ist zuerst im Wasser, ich kann nicht hinterher.

Ich sehe im Zwielicht nur die Wellen, die sie wirft.

„Es ist ein Geheimnis um uns herum“, sagt sie ernst und trocknet ihre Haare mit dem Handtuch ab. „Spürst du es?“

„Was meinst du?“, frage ich.

Sie lauscht. „Eine Stimme, unhörbar. Hinter den Dingen. Hörst du sie nicht?“

„Hinter den Dingen?“

„Du solltest sie eigentlich kennen. Du bist doch Theologe“, und schon lacht sie wieder.

Das erinnert mich an einen Psalmvers: *Eine Nacht tuts kund der andern, ohne Sprache und ohne Worte; unhörbar ist ihre Stimme.* Sie hat recht, denke ich. Ich höre dem Plätschern des Wassers zu, dem Gluthauch des Feuers. Nein, ich habe noch nicht begriffen, dass ich unterwegs bin, tatsächlich in den Norden. Dass sich mein Leben endlich befreien wird. Ich verstehe nicht, wie ich so lange die Ungewissheit ertragen konnte. Es wird nichts bleiben, jede Erinnerung wird vergeblich sein. Aber jetzt, noch, bin ich hier. Jetzt lebe ich. Ein nicht abreißender Strom von Augenblicken, ich müsste verzweifeln über den bloßen Wörtern auf dem Papier, wenn ich nicht jeden einzelnen Augenblick hätte. Ich will alles sehen, ich bin noch lange nicht am Ende.

Morgens habe ich mir vorgenommen, im See zu baden. Als ich an der Feuerstelle vorbeikomme, steigt mir ein saurer Brandgeruch in die Nase. Das Erdreich qualmt, die Stelle, die wir gestern Abend sorgfältig gelöscht haben, liegt heiß und verkohlt. Ich versuche, die qualmenden Teile auszuheben. Zwecklos. Das ist keine Erde, die sich da zwischen den Klippen angehäuft hat, das ist ein luftiges Gemenge aus Kiefernnadeln, in das sich die Glut werweißwietief hinunterfressen kann. Das war mir nicht klar. Ich hole Myriel zu Hilfe, wir versuchen, den Wassersack im See zu füllen, aber er enthält keine Luft und hängt bloß schlapp im Wasser. Wir klettern mit den gefüllten Kochtöpfen ein Dutzend Mal über die Klippen, doch das Wasser versickert sofort, und jedes Mal, wenn wir zurückkommen, qualmt die Erde schon wieder. Irgendwann lassen unsere Kräfte nach.

„Das schaffen wir nicht", sagt Myriel, „lass uns Hilfe holen."

„Ich habe keine Lust, wegen Brandstiftung dranzukommen", erwidere ich. „Wir hauen besser ab."

„Du spinnst wohl! Nachher gibt das einen Waldbrand."

„Eben", sage ich. „Wir tun so, als sei nichts gewesen."

„Wir haben das Feuer gemacht, und wir haben

die Verantwortung dafür." Myriel bleibt hart. Sie läuft zu einem Haus, das sie hinter den Bäumen gesehen hat. Sie bringt drei schwedische Halbstarke mit, die hier ihre Ferien verbringen. Die schauen sich die Brandstelle an, einer greift in die Erde.

„Das Feuer ist doch aus", meint er auf Englisch.

Dass es gestern Abend auch so ausgesehen hat, verschweige ich lieber.

„Wir sind in der Nähe", sagt ein anderer, „und behalten es im Auge."

Die drei bleiben sachlich, keiner grinst. Sie verbringen hier ihre Ferien, rudern über den See, fischen, trinken Bier aus Dosen. Noch während wir zusammenpacken und die Maschinen beladen, holen sie ihr Boot aus dem Bootshaus und lassen es zu Wasser.

Kurz vor zwei, Tanken in Tanumshede.

Wir kaufen ein, Brot, Saft und Schokolade. Das Brot ist weich und süß, ich erkenne den Geschmack sofort wieder. Zwar wird man davon nicht satt, aber es ist ein unverwechselbares Stück Schweden.

„Ich kaufe nicht gern an Tankstellen ein", meint Myriel. „Ich hätte lieber einen kleinen schnuckligen Laden."

Schnucklig – das ist auch so ein Wort.

„In Schweden gehören Tankstellen zum normalen Versorgungsnetz", erkläre ich ungeduldig.

Ich bin gereizt, und dass Myriel so unbedarft daherredet, geht mir auf die Nerven. Vielleicht habe ich ihr gegenüber ein schlechtes Gewissen, weil ich am See einfach abhauen wollte. Ich bin ihr keine Rechenschaft schuldig. Mag sein, dass sie sich besser aus der Affäre gezogen hat als ich. Letzten Endes ist es egal. Irgendwann trennen sich unsere Wege.

Meine Fünf-Öre-Münzen, die ich noch von früheren Fahrten habe, gibt mir die Verkäuferin zurück. *De är gamla*, sagt sie: Sie sind alt, längst aus dem Verkehr gezogen wegen Geldentwertung. Die Vergangenheit, muss ich erkennen, lebt nicht mehr. Auch wenn es scheint, als bräuchte ich nur die Orte wiederaufzusuchen: Sie ist tot. Alles nur Geschichten. Vielleicht lebt sie noch in einzelnen Gerüchen oder Namen oder Umständen, aber daraus wird keine Gegenwart mehr.

Felszeichnungen Tanum. Wir nehmen eine Stichstraße in die Heide, sieben Kilometer durch Wald und Flur, fast menschenleer. Sandstraßen kommen von Gehöften, kreuzen sich und führen weiter zu anderen Gehöften. Das blaue Hinweisschild mit dem Johannesknoten: *hällristningar.* Steinritzungen. Die Stelle liegt verwaist in der Landschaft. Ein Parkplatz, Abfalleimer, eine Info-Tafel. Der Pfad führt durch den Heidewald, weich zwischen Wacholdern, Glockenblumen und Besenheide. Im Moos steht der glatte Granit an wie der eingesunkene Panzer einer Urzeitechse. Die verwitterten Linien darauf hat man mit Farbe nachgezogen. Der Fundort ist zufällig, die Stelle aber hatte ihre tiefe Bedeutung. Das können wir heute nicht mehr nachvollziehen. So ist es immer mit der Geschichte, wird mir klar: Harmlose Zufälligkeiten gibt es nachher nicht.

Bis in die Bronzezeit reichen die Ritzungen zurück, viertausend Jahre, und es ist noch immer derselbe Stein, den die Hände bearbeiteten. Langschiffe mit Ruderern querten die neuentstandenen Meerengen, jeder Strich stellt einen Mann dar, man errechnet Besatzungen von zwanzig bis dreißig. Dann Urbär und Ren, gestalthaft oder in Einzelheiten ausgeführt, und der Mensch, der ihnen nachstellte, der bronzezeitliche Speerjäger. Er ist possenhaft und wirrförmig abgebildet, ein Strauchdieb, ein Hohepriester, ein Sternfahrer. Die mit Grannen verzierten Kreise sind schwer zu deuten: Lichtkranz, wilderndes Gras, Sonnenkult, Fruchtbarkeitszauber? Ich übersetze Myriel von der Informationstafel, vielleicht übersetze ich auch falsch. Myriel steht daneben und hört zu, ihr Lederanzug knarrt, einmal duftet es süß von ihr herüber. Benutzt sie Parfüm? Es ist schwül und windstill, wir schwitzen und nehmen einen Imbiss: Dosenhering in Krabbensoße, weiches Brot mit Margarine, Saft aus den Trinkflaschen. Das Brot krümelt unterm Jagdmesser und wird nicht lange reichen. Nach einer halben Stunde fahren wir zurück auf die E 6.

Svinesundbrücke. Reichsgrenze, sagt das Schild. Wenn wir so weiterfahren, können wir über Oslo hinauskommen. Wir müssen es, denn in der Umgebung der Halbmillionenstadt werden wir kaum einen Übernachtungsplatz finden. Da sehe ich im Rückspiegel, wie Myriel in den Parkplatz einbiegt, ich weiß nicht, was sie dort will. Unterwegs kann man nicht einschätzen, was in dem anderen vorgeht, bevor er den Helm abnimmt. Will Myriel sich ein Eis holen? Geld wechseln? Eine andere Route einschlagen? Ich sehe ihr Gesicht: Sie ist erschöpft.

„Ich brauche eine Pause", sagt sie und legt sich auf eine Bank.

Eine Pause knapp hundert Kilometer vor Oslo?, denke ich, sage aber nichts. Es hat keinen Sinn, sie zu drängen. Wenn sie erschöpft ist, muss sie Pause machen, das ist klar. Mir allerdings geht das gegen den Strich. Wir sollten heute noch Strecke machen, so weit kommen wie möglich. Ich habe keine Lust, nur deshalb ein Zimmer zu nehmen, weil wir über Oslo nicht hinausgekommen sind. Ein bisschen tut sie mir auch leid. Sie lässt die Arme hängen und hat sich das Halstuch aufs Gesicht gelegt. Sieht aus, als wollte sie schlafen. Auch mir ist dumm im Kopf von der Sonne. Der lange Abend am Feuer, die Aufregung am Morgen, die 1500 Kilometer in drei Tagen – das ist schon viel. Natürlich ist eine solche Fahrt nicht einfach. Wer hat das behauptet? Ich kenne die Plackerei. Ich hätte es geschafft: die erste Nacht im norwegischen Gebirge.

Wenn ich's so überdenke, ist heute ziemlich viel schiefgelaufen. Zuerst die Sache mit dem Feuer, und dann hatte ich auf dem Parkplatz eines Supermarkts eine Panne. Begonnen hat das Ganze mit dem Zündnotschalter. Beim Rangieren bei vollem Lenkereinschlag drückt der Tankrucksack den Notschalter nach oben und der Motor geht aus. Das ist mir für die Kehrenfahrten im Gebirge zu gefährlich. Deshalb will ich den Schalter einfach ausbauen. Das klappt ganz gut, aber als ich das Gehäuse wieder zusammensetze und starten will, rührt sich nichts. Durch den ausgebauten Schalter bleibt offensichtlich der Stromkreis unterbrochen, nur der intakte Schalter hält ihn geschlossen, und zwar mittels zweier Kontaktscheiben und einer Feder. Die verabschiedet sich beim Herumbosseln – wie Federn es so tun – mit einem Witsch zwischen die Seitenwände der Verkleidung, da, wo man am schlechtesten hinkommt. Als ich sie wiedergefunden habe, bin ich schon auf Hundertachtzig. Fluchend baue ich den Schalter wieder ein, muss aber entdecken, dass ich beim Ausbau eine der Halterungen beschädigt habe, so dass er nicht mehr einrastet. Der Stromkreis bleibt unterbrochen. Natürlich fängt es gerade jetzt zu regnen an. In Myriels Werkzeugtasche fehlt ein passender Schraubenzieher, und ich muss mein halbes Gepäck abpacken, um an mein eigenes Werkzeug unter der Sitzbank heranzukommen. Myriel hält den Regenschirm, während mich die Fummelei mit Schalter, Feder und Kontaktscheiben zur Raserei bringt. Sie steht nur dabei, hält den Regenschirm und schweigt. Den Schalter habe ich schließlich mit Zweikomponentenkleber in der richtigen Stellung festgeklebt, zwanzig Minuten den Daumen drauf, bis er gehärtet ist. Seither habe ich bei jedem Druck auf den Anlasser Angst, dass sich der Schalter wieder gelöst haben könnte.

Während Myriel daliegt, schlendre ich zum Zoll hinüber. Der Kiosk daneben verkauft Eiswaffeln. Hinter der Brücke blickt man in den jähen Absturz zum Sund. Ich will ihn endlich wiedersehen, den Norden. Ich will weiter. Ich will es sehen, alles, was ich bereits kenne, und alles, was ich noch nie gesehen habe. Ich will das Licht der Mitternachtssonne sehen, die Wälder, die Tundra.

2. Kapitel
Trolle

Oslo, halb sieben.

Oslo empfängt uns sonnig, südländisch fast mit der lässigen Eleganz einer Hauptstadt. Die Europastraße am Fjord entlang ist eine echte Küstenstraße, hinter jeder Biegung erwartet man Zedern und Azaleen. Wir halten und schauen uns um. Der Hafen drüben ist ein Industriehafen mit Raffinerien, Tankern, Verladebahnhöfen, Werften, eine brüske Zitadelle des Nordens. Myriel gefällt Oslo. Wir machen ein paar Fotos von der Bucht, am Rathaus lese ich mit dem Feldstecher die Uhrzeit ab. Über der Stadt, am bewaldeten Hang im Dunst, treibt der Holmenkollen wie ein weißes Segel.

Ich mag große Städte nicht. Wenn ich unterwegs bin, will ich so schnell und geradlinig hindurch wie möglich. Oslo traue ich noch weniger: eine norwegische Weltstadt, eine halbe Million Einwohner! Der Rest des Landes ist im Vergleich dazu menschenleer.

„Sollen wir auf der Karl-Johan-Gate ein bisschen bummeln?", schlägt Myriel vor.

„Keine Zeit", sage ich. „Wir brauchen hinter Oslo einen Übernachtungsplatz."

Ihr Vorschlag ist ungeheuerlich. Was denkt sie sich eigentlich? Eine Stunde Pause machen und dann bummeln wollen! Zum Glück führt die E 6 mit den anderen Europastraßen direkt hindurch. Wir werden der E 6 morgen bis nach Otta folgen und dann ins Gebirge kommen.

Kurz vor acht zwischen Langset und Strandlykkja am Mjøsasee.

Lager auf einem Kiesparkplatz unterhalb der Straße, ich fand nichts Besseres, habe Kopfschmerzen und das rechte Handgelenk tut weh. Myriel kriecht gleich in den Schlafsack. Wie ich befürchtet habe: dicht besiedeltes Land. Wir hätten bis Fåberg kommen können oder wenigstens ins Fjell abzweigen, um dort einen schönen Lagerplatz zu finden. Nun ja, bringen wir's hinter uns.

Bis elf ist es noch taghell. Ich koche uns Essen, öffne den Eingang, damit der Kochdampf abziehen kann. Draußen eine graue, wattige Luft, Mückenluft, die Mücken kommen vom See. Tütensuppe und Bohneneintopf aus der Dose. Ich brate Wurst mit Knoblauch, schippe das Ganze in die Bohnen und verbrenne mich an der heißen Pfanne. Wo ich sie hinfallen lasse, schmilzt das Plastik der Bodenplane. Myriel hilft mir, die

Brandwunde zu versorgen. Sie wird lange nicht heilen unterm Handschuh und mir sicher noch lästig werden.

Auf der Straße oben herrscht Verkehr, es ist manchmal laut, in der hellen Stille tosen Züge über die Gleise. Der Weg zum Ufer hinunter ist gefährlich, führt über die Bahnstrecke und über ein Grundstück. Wir waren unten und haben es uns angesehen. Der See ist hier noch schmal, liegt bleiern ohne Glanz. Vor dem Schlafengehen verstopfe ich mir die Ohren. Myriel schläft schon.

*

Am nächsten Morgen rasiere ich mich an einem Bach, den ich entdeckt habe. Ein Blick zum Himmel: Von Westen ziehen Schauerwolken auf. Myriel macht Frühstück oder was wir so nennen: eine Handvoll Nüsse mit Rosinen und einen Becher haltbare Milch. Auf der Zelthaut knistert es leise, die ersten Tropfen fallen. Wir packen rasch zusammen und besprechen die heutige Strecke, schon in Regenanzügen, mit der Karte auf der Sitzbank. Die E 6 weiter durchs Gudbrandsdal, in Lillehammer würde ich mir gerne das Freilichtmuseum Maihaugen ansehen; dann Otta und der Abstecher zum Geirangerfjord, das werden wir heute nicht mehr schaffen. Über dreihundert Kilometer. Übernachtung irgendwo im Fjell. Mehr haben wir uns nicht zu sagen. Abfahrt halb elf.

Das Gudbrandsdal ist das bäuerliche Herz Norwegens. Eine weiträumige Senke, in deren Grund sich ein gletschergrüner Fluss windet. Im Hinterland bewaldete Hänge und Felder. Alle südostwärts ziehenden Täler haben das gleiche Gepräge. Das ist mir alles zu eng, zu viel Ackerscholle und Bauernmalerei.

Ankunft am Freilichtmuseum, am Himmel viele Quellwolken. Myriel freut sich. Die Touristenbusse und Reisegruppen erinnern sie an Kindheitsausflüge. Sie hat recht. Der Ort ist ein Ausflugsziel, und so komme ich mir plötzlich vor: wie auf einem Ausflug. So unbeschwert habe ich mich schon lange nicht mehr gefühlt. Vera war auf ihrem Norwegenurlaub auch hier. Ich kenne die Fotos von Maihaugen, wie sie sich einmal an den Pranger stellte, und in einer Hütte beim Knäckebrotbacken. Hier stößt Jan wieder zu uns, nachdem er ein paar Abstecher gemacht hat. Jan mit seiner vollverkleideten Maschine, dem Regen und Wind natürlich nichts ausmachen. Zu dritt gehen wir umher. Ich strecke Vera meine Hand hin, als wir nebeneinander gehen, aber sie nimmt sie nicht. Einmal fasst sie uns beide an den Armen und hakt sich unter. Ja, zu dritt. Das lässt sie mich spüren. Sie macht den Vorschlag, einmal mit Jan zu fahren. Da sei sie besser vor dem Wetter geschützt. Ist das alles, worauf es dir ankommt? Ich dachte, wir fahren zusammen. Jan findet das in Ordnung. Ist es dir nicht lieber, wenn deine Freundin nicht nass wird?, sagt er. Am liebsten hätte ich im eine runtergehauen. Was geht das dich an? Mir tut mein Kreuz weh, jammert Vera. Ich kann nichts dagegen tun. Ich sehe zu, wie sie bei ihm hinten aufsteigt. Wie sie die Arme um ihn legt, obwohl sie weiß, dass man sich als Sozia nicht festzuhalten braucht. Maihaugen bleibt hinter uns zurück. Mir kommt es vor, als sei ich allein dortgewesen.

Maihaugen mit Myriel ist etwas anderes. *De Sandvigske Samlinger*, die Sandvigschen Sammlungen. Der Eintritt mit Führung kostet nicht wenig, dazu ein bebilderter Führer für noch mal soviel, das sind insgesamt umgerechnet eine Tankfüllung.

„Wie kommt's?“, fragt sie.

„Man gönnt sich ja sonst nichts“, antworte ich.

Sie zieht ihre Stiefel aus und geht barfuß. Einmal hake ich mich bei ihr unter, sie lässt es sich gefallen. Wir gehen umher unter Birken und schauen uns alles an. Der Geruch des geteerten Holzes in der Sonne. Die Abgeschiedenheit oben auf den Seterhöfen. Die Wiesen voller roter Weidenröschen. Zäune, weidendes Vieh. Das Grubenfeuerhaus mit dem gestampften Lehmboden: die Feuerstelle, Staub flimmert im einfallenden Lichtstrahl, ein Eisenkessel hängt am Haken. Der Garten des Pfarrhofs in Vågå, Heilkräuter in Terrassen vor dem Haus, das Priesterröschen wankt in der linden Brise. Die Grassodendächer mit ihrem starken Duft. Anfangs deckte man mit Birkenrinde, die durch Rasenstücke festgehalten werden sollte; erst später entdeckte man, dass die Soden das Wasser speichern und die Brandgefahr vermindern. Die Häuser erzählen die Geschichte der Menschen, die sie bewohnten. An der Breitseite die Türöffnung, gegenüber der Kamin. Das Bett steht am weitesten von der Kälte entfernt. An der Wand schräg gegenüber steht der lange Tisch; ein Toilettenkästchen hängt in der Ecke für Bürsten, Spangen, Schälchen. Im stets verschlossenen Eckschrank werden das Geld, die Grundstückspapiere, Schnaps und Tabak aufbewahrt, nur der Bauer hat den Schlüssel. Neben der Tür der Schrank mit den Tagesvorräten, der Rest wird im *stabbur* gelagert.

Hilde, unsere deutsche Führerin, spricht es kurz aus, ohne den Doppelkonsonanten zu trennen, und das „ü“ mit spitzen Lippen. Wir schauen uns das Knäckebrotbacken auf heißem Stein an und das Flachsspinnen.

„Da wird mir die Geworfenheit des Daseins deutlich“, sage ich grinsend.

„Die was?“

„Wie viele Gedanken und Einfälle hat es gebraucht, bis die Menschen darauf kommen, aus dem Gras auf der Wiese Kleider zu machen.“

„Ach so.“

So findet sich der Mensch ausgesetzt zwischen die Gewächse und Geschöpfe einer unbegreiflichen Welt, denke ich. Er muss sie bewältigen, er muss sich in ihr zurechtfinden und ihr sein Auskommen abringen. Ich bin zwar kein Verfechter der Existenzialtheologie, ich sehe keinen Weg von der Geworfenheit zum menschgewordenen Christus, dafür brauchen wir die Offenbarung. Aber wie sehr der Mensch auf sich selbst zurückgeworfen ist, wie sehr er sich und seinen Besitz sichern muss, wird mir nur selten so deutlich wie hier.

In der alten Kirche hängen Votivschiffe als Spenden dankbarer Seemannsfrauen. In den holzgetäfelten Emporen hatten die reichsten Familien ihre Sitzplätze. Solche Privilegien können im modernen Norwegen nicht mehr geduldet werden, sagt Hilde. Das Taufbecken ist aus grobem Gneis gehauen mit schwerem Deckel, kindstief, damit ganz untergetaucht werden konnte. Deshalb war die Kindersterblichkeit so hoch, sagt Hilde. Stillleben in der Sakristei: ein Lesepult, eine Kerze, eine aufgeschlagene Bibel. Ein schwerer mittelalterlicher Foliant, als stünden alchimistische Geheimnisse darin.

Als wir wieder draußen sind und zu unseren Maschinen gehen, hat sich etwas verändert. Wir sind nicht mehr unterwegs. Wir sind in den Ferien. Versonnener Nachmittag an den Hängen über dem Gudbrandsdal. Myriel hat ihre Stiefel wieder angezogen und sitzt auf dem Randstein. Sie raucht eine Zigarette, während ich schreibe. Sie ist sehr geduldig mit mir.

In Lom ist es kalt und sonnig, ein starker Wind geht. Hier treffen zwei Täler aufeinander und bilden einen Straßenknotenpunkt mitten in den Bergen. Ein Parkplatz vor der Stabkirche, aber ich habe nicht die Absicht, hier länger zu bleiben.

„Warum besichtigen wir sie nicht?“, fragt Myriel.

„Die lohnt sich nicht“, antworte ich. Hat ihr Maihaugen denn nicht gereicht?

„Da ist der Reiseführer aber anderer Ansicht“,

sagt sie und liest mir vor: „Wegen ihrer ausgewogenen Proportionen und ihrer kunstreichen Ausgestaltung ist sie eine der schönsten Stabkirchen Norwegens."

„Wir müssen weiter. Wir haben keine Zeit für eine zweitklassige Stabkirche."

Erst dann merke ich, dass sie sich über mich lustig gemacht hat. Sie lacht

„Oller Geheimniskrämer! Wohin willst du denn so eilig? Du bist viel zu verbissen."

Bin ich das? Verbissen worin? In Norwegen? In die Fahrt? In mein Vorhaben, das ich seit Maihaugen schon ein wenig vergessen habe?

Von Westen rücken dunkle Wolken heran. Aus dem Tankrucksack holen wir die Saftflasche und eine Tafel Schokolade. Sie bricht trocken beim Beißen, so kalt ist es. Im Mund zermalmt man die Stücke zu einem süßen Brei. Andere Biker treffen ein und fahren wieder ab. Mit einem BMW-Fahrer aus Heidenheim komme ich ins Gespräch. Er ist erstaunt über meine Tausender mit Tourenverkleidung.

„Muss ein älteres Modell sein", mutmaßt er.

„Seit einiger Zeit werden die wieder hergestellt", kläre ich ihn auf. „Siehst du die eckigen Zylinderkopfdeckel? Das ist der Unterschied zu den alten Modellen."

„Wie ist denn das Wetter im Norden?“, fragt Myriel.

„An der Küste regnet es seit Tagen“, erwidert er. „Wohin wollt ihr denn?“

„Ich fahre ans Nordkap“, antworte ich.

Myriel sagt nichts.

Die Straße ist gut ausgebaut, mit breiten Randstreifen, auf die die Autos ausweichen, wenn wir sie überholen. Einmal macht Myriel Zeichen, wir halten und sie zieht sich wärmer an. Ich stehe abgewandt an der Straße, die Reifen der näherkommenden Autos singen auf dem rauen Belag. Berge mit runden Gipfeln, schneegefleckt. Hinter uns wird es dunkel, die ersten Tropfen fallen. Wir schlüpfen ins Regenzeug. Weiterfahrt Richtung Grotli.

Zweitausend Fahrtkilometer. Grotli ist ein hölzernes Gebirgshotel auf ödem Plateau. In der Cafeteria leisten wir uns einen warmen Tee, während es draußen schüttet. Ich habe keine Wahl: Wir müssen hier übernachten. Dunkel wird es noch lange nicht, aber das Wetter macht es schwer, sich aufs Zelt zu freuen. Bei den Zimmerpreisen pfeife ich durch die Zähne.

„Ein Doppelzimmer wäre billiger“, sagt sie.

„Kommt nicht in Frage“, sage ich. „Ich will meine Ruhe. Aber ich bezahle gern den Aufpreis für die Einzelzimmer. Ist dir das recht?“

Sie nickt. Die Maschinen stellen wir unters Vordach und decken sie mit den Planen zu. Die Zimmer liegen eine Treppe höher auf einem dunklen, staubigen Gang. Toiletten und Dusche auf dem Flur. Ich schaue hinein, Myriel atmet auf.

„Endlich den Dreck vom Leib schrubben“, sagt sie.

„So schlimm ist es auch wieder nicht.“

Das Zimmer ist dürftig möbliert, Holzwände, ein Fenster, ein Bett, Tisch und Stuhl, ein Schrank aus Spanplatten. Elektrischer Heizofen, Strom ist billig in Norwegen. Weil uns das Essen im Speisesaal zu teuer ist, installiere ich heimlich den Spirituskocher in meinem Zimmer, und als Myriel frisch geduscht herüberkommt, gibt's Tütensuppe und Dosenfisch, Brot, Margarine, Wurst. Danach Tee mit Wasser aus dem Badezimmer, es ist ganz weich, der Tee schlüpft seidig über die Zunge. Wir ruhen aus und wärmen uns an der Heizung. Myriels Haare knistern frischgewaschen, wieder kommt der süße Duft von ihr.

„Wonach riechst du denn?“, traue ich mich diesmal zu fragen. „Benutzt du Parfüm?“

„Das ist bloß mein Deo.“

„Und wie heißt es?"
„Ist doch wurscht."
„Nicht im norwegischen Gebirge."

Ich denke immer noch darüber nach, wieso sie auf die Frage des Heidenheimers nach unserem Ziel nichts gesagt hat. „Nach Luleå zu meinem Freund", das wäre doch ein leichter Satz gewesen.

Als ich aufwache, ist es halb drei nachts. Draußen wird es schon wieder hell. Ich hatte einen schweren Schlaf mit taubem Kopf, das Zimmer ist überhitzt, weil ich die Heizung angelassen habe. Ich wandle ruhelos auf und ab und rette mich schließlich ins Schreiben. Ich bin wie benommen, wörtlich: benommen einer Klarheit, die ich zu Beginn der Fahrt noch hatte. Ein seltsames Fieber, das mich traumverloren nicht ins Wachsein finden lässt. Ich suche eine Zuflucht. Meine Zeit läuft ab. Anfangs schienen die Tage angefüllt vom Aufbruch, doch jetzt liegen sie wie eine riesige Leere vor mir. Ich weiß nicht mehr, was ich tun soll. Elend fühle ich mich, wörtlich: *eli-lendi:* in einem fremden Land. Das Elend des von Gott losgerissenen Menschen, denke ich. Lese ein paar Sätze in Thielickes Stundenbuch, *Das Schweigen Gottes*, aber das raunt alles so sinister und unheilvoll, dass es mich nur noch tiefer hineinzieht. Der Schmerz

Gottes um den Menschen – das sagt mir nichts. Das ist längst vorbei. Die Universität. Die Assistentenstelle. Die Hörsäle. Vera damals neben mir, als wir uns kennenlernten. Ihre braunen Augen, die langen Wimpern, das rundliche Gesicht mit dem weichen Kinn, Schulmädchengesicht, sie trug einen schwarzen Rollkragenpullover und einen Trägerrock mit Schottenmuster. Das ist alles längst vorbei. Morgen ist auch noch ein Tag, würde Vera jetzt sagen. Aber das stimmt nicht: Heute ist der einzige Tag, den es gibt. Heute ist immer. Ich bin im Heute unterwegs wie in einer einzigen stillen Ankunft. Das Morgen leer und tot, das Gestern versunken in der Tiefe.

Vier Uhr. Ich weiß nicht mehr weiter. In der Blechtasse steht kalter Tee. Wurstgeruch aus dem Tankrucksack. Die Töpfe klingen beim Zusammenräumen. Die mehlige Schokolade, der Fischrest in der Dose, das zerfallende Brot. Jetzt fällt mir der Traum ein, den ich hatte: Ich wache zuhause auf und muss die ganze Strecke noch einmal fahren, die riesige Entfernung hier herauf, um mich einzuholen hier, wo ich bin. Ich müsste noch einmal aufbrechen und diese ganzen Tage unterwegs sein und weiß nun gar nicht mehr, wo ich hingehöre zwischen den Wirklichkeiten. Als ich aufwachte, gab es einen Moment, in dem ich tatsächlich glaubte, zuhause zu sein. Ich geriet in Panik. Ich hatte das Gefühl, hier und dort zugleich zu sein, überlagert wie zwei Bilder.

Draußen auf der Straße nähert sich ein Auto, wird lauter, braust vorbei. Ich sollte hinuntergehen an die Bar und einen Aquavit trinken, das wäre genau das Richtige jetzt. Vor dem Fenster steht ein roter Stuhl. Das klingt wie ein Satz aus der Schwedischfibel: *Framför fönstret står det en röd stol.*

Bin duschen gegangen. Mitten in der Nacht, aber das soll mich nicht kümmern. Das Wasser ist heiß und erfordert Münzeinwurf. Seife, Wasserströme auf der Haut, beschlagene Spiegel. Die Welt sieht danach nicht anders aus, lässt sich aber wieder besprechen. Besprechen wie mit einem Zauber: damit sie stillhält, so dass ich sie verlassen kann, vom Karussell steigen, endlich. Kettenkarussell bin ich einmal als Kind gefahren, auf einer Kirmes. Ich hatte ein bisschen Angst vor der Höhe, aber die Geschwindigkeit machte mich ganz luftig im Kopf. Ich werde ganz luftig im Kopf von meinem Vorhaben.

Würde gern einen Brief an einen Freund schreiben. *Bester Freund!*, schriebe ich, *erst jetzt, da wir ein Zimmer in einem Hotel genommen haben und ich mit taubem Kopf aufgewacht bin*, schriebe ich, *komme ich dazu, Dir zu schreiben.* Aber ich habe keinen, an den ich schreiben könnte. Schreiben könnte von den hellen Nächten und langen Tagen, vom morgendlichen Aufstehen und Zusammenpacken, Aufbrechen, Unterwegssein, abends von der Maschine Steigen und Sicheinrichten für die Nacht. Ein beruhigendes Gleichmaß. *Erst jetzt komme ich zu dem, was ich eigentlich nicht mehr wollte und auf dieser Fahrt als allerletztes: zum Erzählen.* Aber ich erzähle ja dauernd. Das hört während der Fahrt nicht auf, das hört nicht auf an den Morgen und den Abenden, das wird nicht einmal aufhören, wenn ich oben angekommen bin. Meine Geschichte endet erst, wenn ich tot bin. Gestern träumte ich, könnte ich erzählen, die Angst sei eine Insel in einem grundlosen Meer, eine Insel des Pluto, der Acheron aber nicht Grenze, sondern Grund oder grundloses Meer. *Acheron* aber, weiß ich, heißt Schmerz.

Als ich um fünf im Bett liege, müde von der schlaflosen Nacht, klopft es an der Tür. Myriel muss auf die Toilette und hat Licht gesehen in meinem Zimmer.

„Kannst du nicht schlafen?“, fragt sie leise. „Soll ich dir Gesellschaft leisten?“

„Alles in Ordnung", flüstere ich. „Lieb von dir."

Wenige Minuten später klopft es noch einmal.

„Ich will dich nicht stören, aber vielleicht ist es doch besser, wenn ich dir Gesellschaft leiste."

Ich lasse sie herein. Wir setzen uns an den Tisch, einander gegenüber. Ich sehe, dass sie grüne Augen hat. Ist mir noch gar nicht aufgefallen.

„Ich bin um drei aufgewacht", sage ich, „und konnte nicht wieder einschlafen."

„Treibt dich was um?", fragt sie und schaut mich an.

Ich kann und werde es ihr nicht erzählen. Die Tage mit ihr sind heiterer, als ich es mir vorgestellt habe. Aber wir werden uns trennen, und dann bin ich allein.

„Meinen Vater hat früher auch immer etwas umgetrieben, nachts", erzählt sie auf einmal. „Ich habe ihn hinter der verschlossenen Wohnzimmertür rumoren hören. Da war ich noch ein Kind. Ich hörte es und stand zitternd vor Angst davor, weil ich nicht wusste, was drinnen vorgeht, und habe mich nicht getraut anzuklopfen."

Und auf einmal erzählt sie mir die Geschichte ihres Vater. Eine Krankengeschichte. Ich kenne solche Geschichten. Alzheimer. Seit einem Jahr geht es ihm immer schlechter, er muss rund um die Uhr gepflegt werden. Die Mutter kann das nicht mehr, Myriel hat sich die ganze Verantwortung aufgebürdet, sie schafft es kaum noch neben dem Studium.

„Es ist nicht leicht, wenn einem der eigene Vater fremd wird“, erzählt sie. „Nicht nur fremd, sondern ganz und gar namenlos, als hätte er einen nie gekannt.“ Ich halte den Teebecher in Händen, streiche mit dem Finger über den Rand, höre zu. Sie hat eine enge Beziehung zu ihm, enger als zu ihrer Mutter. Je länger sie erzählt, desto mehr werden wir wie zu Geschwistern, die Schwester steigt nachts aus ihrem Federbett, und der Bruder ist noch wach und hört zu. Dabei bin ich es doch, der nicht schlafen konnte.

„Ich weiß auch nicht, warum ich dir das gerade jetzt erzähle“, sagt sie am Schluss.

„Das weiß man nie“, antworte ich.

„Ich hatte einfach das Gefühl, dass ich nicht vor der Tür stehenbleiben durfte.“

„War gut, dass du noch mal geklopft hast“, sage ich.

*

Ein schöner Tag. Draußen schüttet es wie aus Kübeln, aber das macht mir nichts aus. Merkwürdigerweise fühle ich mich richtig unbeschwert.

Wenn ich an das nächtliche Gespräch denke, überkommt mich eine große Lässigkeit, ich weiß auch nicht weshalb. Wir müssen wieder raus aus der schützenden Wärme, das Regenzeug anziehen und aufladen. Die Spannriemen schneiden beim Festzurren in die klammen Finger. Aber das kenne ich ja. Die Routine des Unterwegssein tut gut. Myriel sieht unausgeschlafen aus, obwohl ich es doch war, der sich die Nacht um die Ohren geschlagen hat. Wir manövrieren die Maschinen den Kiesweg hinab, auf dem sich ein brauner Bach gebildet hat. Das Gasgeben, Hinausfahren und Hochschalten, das Wieder-auf-der-Straße-Sein ist eine Wohltat. Abfahrt gegen zwölf nach Bezahlen der Hotelrechnung. Ich habe mein Versprechen gehalten und zahle den Aufpreis für die Einzelzimmer. Auch wenn das nicht in meinen Tourensparplan passt: Es ist gut so. „Trotzdem schade", meint Myriel und schaut mich mit ihren grünen Augen an.

Rast an der Djupvasshytta. Das Thermometer in der Verkleidung zeigt vier Grad über Null, Eis mischt sich in den Regen und nadelt im Gesicht, weil ich wegen des Beschlagens ständig mit offenem Visier fahren muss. Das Fjell zu beiden Seiten ist baumlos, von einem rostfarbenen Teppich bedeckt. Regen und Kälte stumpfen ab. Myriels Scheinwerferlicht im Rückspiegel ist nichts als ein Irrlicht in der Dämmerung. Erst als wir halten und drinnen in der Hütte im Warmen einen Instanttee trinken, die Hände am heißen Becher wärmen, ist sie wieder der Mensch an meiner Seite. Mit verklebtem Haar, Fältchen in den Augenwinkeln, einem Lächeln. Mir fällt auf, dass sie Lidschatten aufgelegt hat.

Der Aufstieg zum Dalsnibba, dem Gipfel mit dem schönsten Blick auf den Geiranger, führt mitten in die Regenwolken hinein. Wir lassen es bleiben, Nebel dort oben, wir hätten nichts davon. Bisher gab es noch jedes Mal, wenn ich hier vorbeikam, schlechtes Wetter.

Geiranger in strömendem Regen. Wir haben uns unter das Dach einer Laderampe gestellt. Das Fahren im Gebirge ist mühselig. Der Eisregen schmerzt im Gesicht, ich fahre mit zusammengekniffenen Augen und kann den Straßenverlauf nur erahnen. Manchmal reißt der Nebel auf und entblößt plötzlich den Steilabsturz. Die Kehren selbst kann man von oben gut einsehen; aber die unvermuteten Engstellen, die Felsen, die in die Fahrbahn hineinragen, die machen einem zu schaffen. Manchmal glaubte ich, direkt in den Abgrund hinauszufahren. Nicht verkrampfen! Locker bleiben! Hast du alles schon mitgemacht, sagte ich mir. Dann waren wir durch die Wolken hindurch und sahen Geiranger vor uns liegen.

Mit dem Schirm in der Hand gehen wir nach zwei Stunden los. Es regnet noch immer. Alle Campingplätze sind belegt, ein Hotel kommt nicht schon wieder in Frage. Außerdem ist es zu früh am Tag.

„Wir müssen vorankommen“, sage ich.

„Wohin willst du denn so eilig?“ Zum ersten Mal erlebe ich Myriel barsch. „Ist das eine Urlaubsfahrt oder eine Flucht?“

„Hast du denn soviel Zeit?“, knurre ich zurück. „Kann dein Freund da oben warten?“

„Was geht dich mein Freund an?“, faucht sie.

Zum ersten Mal streiten wir. Vielleicht hat sie ja recht, denke ich. Vielleicht sollte man die Zeit nutzen und ein Zimmer nehmen, sich zurechtmachen, abends essen gehen. Ein gutes Buch lesen. Ansichtskarten schreiben. Beim Kaffee sitzen und sich Geschichten erzählen. Aber ich kann das nicht. Ich weiß nicht, was mich oben im Norden erwartet. Ich will endlich dort hinauf, und dann wieder fürchte ich mich davor und bin froh um die Entfernung, die wir noch zurückzulegen haben. Im Grunde kann ich es angesichts meines Vorhabens gar nicht eilig haben, und doch treibt mich eine Not um. So habe ich mir das nicht vorgestellt. Vielleicht würde die Reise ohne Myriel ganz anders verlaufen. Ich wäre schon viel weiter im Norden. Ich könnte mich auf das konzentrieren, weswegen ich hergekommen bin. Ich müsste kein Geheimniskrämer sein und ständig Angst haben, dass etwas ans Licht kommt.

Vor einer Notübernachtung im Gebirge graut mir. Damals mit Vera war es genauso, das Wasser stand zentimeterhoch im Zelt, die Schlafsäcke wurden nass und die Planen konnten wir bei Wind kaum zusammenlegen. Immer hatte ich das Gefühl, es wäre meine Schuld, dass Vera so leiden musste. Sie zitterte am ganzen Leib und wurde auf dem Motorrad nicht warm. Damals suchten wir wenigstens einen Campingplatz, wo sie hätte heiß duschen können, aber wir fanden keinen.

Der Fjord droht uns zur Falle zu werden. Zeit, dass wir hier wegkommen. Weiterfahrt gegen fünf.

Wir steigen den Adlerweg hinauf, Kehre über Kehre. Plötzlich reißen die Wolken auf und wir sehen wie kreisende Vögel tief unten den Fjord liegen, die Berge wie eine Herde urzeitlicher Wesen bis an den Horizont gelagert. An der Steilwand wehen die Sieben Schwestern ihre silbernen Wasserschleier zum Gruß. Das russische Kreuzfahrtschiff, das an der Pier lag, hat Anker gelichtet und macht sich auf den Weg zum Meer, dumpf und mächtig tönt das Horn zu uns herauf. Dann ziehen sich die Wolken wieder zu und wir fahren ins Fjell hinein. Der König der Fjorde – er ist nie sehr königlich zu mir gewesen. Und wird es auch künftig nicht mehr sein.

Oben geraten wir auf Sandstraßen. Der Belag ist fest, aber überall gibt es Schlaglöcher und Querrillen, das rüttelt einem noch den letzten Gedanken aus dem Kopf. Campingplätze finden wir kaum, und wenn, dann sind sie voll belegt. Im Nachhinein denke ich, wir hätten lieber das Hotel in Geiranger nehmen sollen. Das wird eine Notübernachtung, fürchte ich. Gut, sich frühzeitig darauf einzustellen. Myriel sagt nichts, aber ihre Hände zittern.

Gegen Viertel nach acht. „Hier bleiben wir!“, sage ich und bin schon wieder wütend, auf jeden und alles. Es ist mir völlig egal, ob irgendjemand etwas dagegen hat! Wir kamen nach Eidsdal hinunter, aber der Ort bot außer der Fähre nicht viel. Mit der nächsten überzusetzen hätte nichts gebracht, denn am anderen Ufer erwartete uns nur das nächste Fjell, und davon hatten wir genug. Wir folgten der Straße am Fjord entlang, bis sie in Norddal endete. Ich bin dann so wütend, dass ich nichts anderes mehr kann als fahren. Hier, in Norddal, haben wir nun eine Wiese gefunden, ein paar Häuser, eine Fischfabrik. Wir schlagen das Zelt auf, kriechen in den Regenanzügen über die Plane und schieben die kalten Alustangen in die Führungen. Innen ist es klamm, wir räumen alles Gepäck, tropfnass wie es ist, in die Apsis, decken die Maschinen zu und schließen den Reißverschluss hinter uns. Myriel pellt sich gleich aus den Lederklamotten und schlüpft in den Schlafsack.

„Was gibt's zum Essen?", bibbert sie.

Sie tut mir leid, weil sie das mitmachen muss. Ich wollte, ich könnte es ändern. Beim nächsten Mal würde ich vielleicht doch das Hotel nehmen.

Beim Essen, Erbseneintopf aus der Dose mit Margarinebroten, kommen wir auf den Geiranger zu sprechen.

„Wann hast du ihn eigentlich zum ersten Mal gesehen?", fragt Myriel.

„Zum ersten Mal auf den Fotos von Vera, die sie von ihrem Urlaub mitgebracht hatte", sage ich.

„Wer ist Vera?", fragt Myriel.

„Eine Freundin", antworte ich kurz angebunden.

„Und mit ihr bist du auch einmal in Norwegen gewesen?"

„Die Fotos haben mich damals so beeindruckt, dass ich Norwegen selber kennenlernen wollte."

„Du weichst mir aus", sagt Myriel.

„Ja."

„Das hat irgendetwas mit unserer Fahrt zu tun", sagt sie ernst. „Da ist irgendein Geheimnis."

„Wenn es ein Geheimnis ist", sage ich, „dann hat das schon seinen Grund."

„Du meinst, das geht mich nichts an", sagt sie und wird wieder barsch. „Aber es geht mich schon etwas an. Schließlich sind wir gemeinsam unterwegs."

„Die nassen Sachen", erwidere ich, „werden bis morgen nicht trocknen."

Ja, wir sind gemeinsam unterwegs. Aber das kann sich jederzeit ändern.

*

Auf die Zeltplane prasselt der Regen. Es ist zehn Uhr morgens, ich sitze und schreibe im klammen Zelt. Es hilft nichts, wir können nicht länger warten. Wir müssen raus aus dieser Waschküche. Wir decken die Maschinen auf und packen, lassen das Zelt bis zum Schluss stehen in der Hoffnung, dass sich das Wetter bessert und es doch noch trocknen kann.

Tatsächlich reißt wenig später die Wolkendecke auf. Sonnenstreifen wandern über die Bergwände und leuchten auf dem Wasser. Der frische Wind trocknet das Zelt. Unterm Vordach eines Lebensmittelladens komme ich mit einem Angler ins Gespräch, ein hagerer Alter mit Eimer und Rute. Er spricht gutes Deutsch, wir unterhalten uns übers Wetter. Er kommt aus Ålesund und verbringt hier seinen Urlaub. Wir schauen zu, wie Myriel ihren Tankrucksack auf die Maschine schnallt.

„Vor ihrer Freundin habe ich Respekt", sagt er.

„Wieso?", wundere ich mich.

„So mit Motorrad und Zelt unterwegs", sagt er, „das ist nicht leicht für ein Mädchen."

So habe ich das noch gar nicht gesehen. Myriel fährt Motorrad, dachte ich immer, also hält sie was aus. Dass es für sie grundsätzlich schwerer sein könnte, ist mir nicht eingefallen. Nun, sie macht es ja freiwillig. Und wenn es ihr zu anstrengend wird mit mir, kann sie ja jederzeit allein fahren. Direkt hoch nach Luleå. Es ist nicht meine Schuld, dass sie mit mir fährt. Ich bin zwar ganz froh, dass sie da ist, aber ich will mir nichts aufhalsen lassen.

Ein Regenbogen wölbt sich über das dunkle Wasser, darunter fährt klein und weiß die Fähre nach Linge.

Das Trollfjell im Regen. Die Straße steigt hinauf zur Passhöhe, auf den Bergen blüht frisches Weiß. Von den Hängen lösen sich Schneebrocken und bleiben auf der Fahrbahn liegen. An der Trollheimshütte klappern uns die Zähne. Zwei Grad über Null. Dann der Trollstigen, Serpentinen wie aus der Tube gedrückt. Das Tal mündet ins Romsdal, hier brausen die Wildwasser der Rauma. Vor einer Rasthütte halten wir.

„Wir folgen der Straße bis nach Dombås", sage ich, „dort treffen wir wieder auf die E 6."

„Heute ist Samstag", sagt Myriel.

„Und?"

„Heute will ich einen Kaffee trinken."

Sie sagt es so trotzig, dass ich lachen muss. Also gut.

Die Hütte sieht mit ihrer Bühne aus wie ein Hochzeitssaal, ein Tanzboden, auf dem sonntags die Fiedel gestrichen wird. Aus der Hifi-Anlage tönen dazu passend ländliche Weisen. Durchgefroren setzen wir uns an einen der Tische. Auf der Heizung trocknen wir unsere nassen Kleider: Handschuhe, Sturmhauben, Regenanzüge, sogar die Halstücher sind feucht. Der Kaffee wird von einem jungen Schwarzen mit einer roten Coca-Cola-Schürze ausgeschenkt. Auch nicht gerade das, was man mitten im norwegischen Gebirge erwartet. Der Kaffee ist heiß und süß. Die Hände zittern uns, immer wieder schaudert es einen von uns. An den Wänden stehen lange Tische, darauf aufgereiht Kitsch und Kunsthandwerk: Porzellanteller, Stoffpuppen, Silberlöffel, Trolle aus Kautschuk, aus Zinn, aus Holz, mit knotigen Gesichtern und Wäldern im Haar.

Hinter dem Dovrefjell liegt der Norden. Trondheim. Der Polarkreis. Die Tundra. Mir wird ein bisschen mulmig, hier in der warmen Hochzeitshütte. Gerne würde ich unbeschwert durch die Gegend fahren und bleiben, wo es mir gefällt. Wenn ich an den Norden denke, an den Porsangen, wo es vor Jahren geschah, gibt es mir einen Stich in den Magen.

Ich schaue Myriel zu, wie sie uns noch eine Portion Kaffee holt. Der Angler hat recht, denke ich. Vera wollte bei Jan hinten aufsitzen, sobald es nach Regen aussah. Mitten auf der Fahrt. Ich spürte sie schon zittern hinter mir, fürchtete mich vor dem Halt, vor jeder Berührung an meinem Schenkel, ob es nicht ein Signal zum Anhalten sei. Vera hat recht, sagt Jan. Jan mit seiner Vollverkleidung und seiner knitternden Jacke. Wasserdicht. Goretex. Jan mit seinen Vernunftgründen. Schließlich geht es um die Reise, sagt er ernst. Sie soll etwas davon haben. Du kannst ja nichts dafür, sagt er, dass deine Maschine keine Verkleidung hat. Aber ich kann doch etwas dafür. Es ist meine Schuld, dass es Vera so anstrengt. Es ist meine Schuld, wenn ich nicht vernünftig bin. Es ist immer meine Schuld.

Myriel kommt mit dem Kaffee zurück. Plötzlich steht eine winzige Plastikschachtel vor mir, drin ein Troll aus Zinn auf einem rosaweißen Steinsockel.

„Der sieht aus wie du, wenn du grübelst“, sagt Myriel und grinst.

„Sehr schmeichelhaft.“

„Jetzt gerade guckst du auch so.“

„Wie ein Troll?“

„Der will zu dir“, sagt sie und bewegt die Schachtel auf mich zu. „Der ist vom selben Schlag.“

Ich muss lachen. Ich drehe das Figürchen in den Händen, der Stein ist metamorpher Thulit, Norwegens Nationalstein.

„Danke schön.“

„Dafür will ich wissen, was du andauernd schreibst.“

„Fahrtentagebuch. Privat. Tut mir leid", wiegle ich in scherzhaftem Ton ab.

„Bloß ein bisschen."

Ich schüttle den Kopf und schaue sie an. Sie wird plötzlich ernst. Eine Zeitlang schweigen wir, ich frage mich, ob sie etwas ahnt. Fast bin ich bereit, nachzugeben. Da wendet sie sich ab.

„Ist schon in Ordnung", sagt sie harmlos. „Bin vielleicht einfach zu neugierig."

Dann trinken wir aus und müssen wieder hinaus aus der Wärme in Regen und Kälte. Ich stecke den Troll in den Tankrucksack, damit ich ihn griffbereit habe.

In Dombås ist es kalt. Viel Wind und Sonne. Wir tanken.

Dombås ist ein Straßenknotenpunkt am Grenzgebirge. Tankstellen, vollgestopfte Parkplätze, Supermarkt, Höhenhotel, das grüne Schild der Europastraße. In den Süden nach Oslo, in den Norden nach Trondheim. Oben auf dem Fjell ist es wieder die weite, windüberflogene, baumlose Hochebene, rotgelbbraun unter blauem Himmel. Wetterscheide, die Wolken ziehen nach Norden. Bergketten stehen in der Ferne, als begänne dort schon die Arktis. Seen glänzen, das Gestein leuchtet. Drüben am Fuß der Berge verläuft die Bahnlinie, die Station heißt *Dovregubbenshall*, die Halle des Bergkönigs, nach Griegs „Peer Gynt". Moore, erblüht von Wollgras.

Hier beginnt der Norden. Hier reicht das Land karg und flach zweitausend Kilometer hinauf bis zu den Eisbergen.

Lagerplatz halb sechs vor Hjerkinn.

Ein Sandweg führt auf eine Anhöhe hinauf, dort stellen wir ab. In den Senken gedeiht dichtes Buschwerk, Pfade führen darin zu verstreuten Hütten, drüben blinkt das Blauauge eines Sees. Das Zelt steht gut im Wind, wir öffnen beide Eingänge und lassen es vollends trocknen. Die feuchten Kleider legen wir auf Sträuchern aus, die Unterlage hängen wir an Schneezäune, die an der Straße stehen. Sie flattert im Wind und knallt. Myriel macht sich mit dem Wassersack auf den Weg zum See.

Wir müssen unsere Maschinen warten. Die Zündkerzen werden ausgebaut und gereinigt, die Sandkrusten am Auspuff abgekratzt, Myriel muss ihre Antriebskette spannen und fetten, ich mit meinem Kardan brauche das nicht. Dann werden Stiefel, Handschuhe und Lederanzüge eingefettet. Myriel braucht frische Wäsche. Auf dem Spritkocher erhitzt sie Wasser, wäscht mit Tubenseife in den Kochtöpfen. Ihre Maschine muss als Wäscheständer herhalten, neckisch, wie ihre Slips und Socken an den Rückspiegeln baumeln. Wie eine Brigg mit zerfetzter Takelage. Ich hole mir heißes Wasser vom Kocher, stelle den Spiegel auf den Koffer und rasiere mich kniend. Myriel macht ein Foto von mir.

Allmählich wird es Abend, wenn auch nur auf der Uhr. Der beständige Wind kühlt aus, wir räumen die getrockneten Kleider ins Zelt, bevor sie klamm werden.

Von der Straße her kommen zwei Motorräder zu uns herauf. Flensburger Kennzeichen, dieselben Einzylinder wie Myriels, die junge Frau hat Schwierigkeiten beim Aufbocken.

„Woher kommt ihr?“, fragen wir.

„Aus Steinkjer“, antwortet ihr Freund.

„Und wohin wollt ihr?“

„Ins Romsdal“, antwortet er. Die Frau sieht erschöpft aus, ihre Hände zittern. Sie rauchen Selbstgedrehte und fachsimpeln mit Myriel über Einzylinder.

„Wie ist denn das Wetter im Romsdal?“, fragt die Frau.

„Regen“, antworten wir.

Merkwürdige Umkehrung: Sie kommen dorther, wohin wir erst fahren. So sieht man also aus, denke ich, wenn man aus dem Norden kommt. Man sieht ihnen weiter nichts an, aber die Rentiergeweihe hinten im Gepäck verraten sie.

„Wo habt ihr denn die Geweihe her?“, frage ich und schaue sie mir näher an.

„In Jokkmokk gekauft, am Polarkreis,“ sagt der Freund. „Ganz billig, und Felle gibt es dort auch.“

„Felle?“, sagt Myriel.

„Rentierfelle. Die sind in gutem Zustand. Es kommt darauf an“, erzählt der Freund, „wie sie gegerbt sind. Bei den schlechten gehen gleich die Haare aus.“

Die Frau friert, ihr täte ein Becher Tee ganz gut.

„Wollt ihr euch ein bisschen aufwärmen, bevor ihr weiterfahrt?“, frage ich.

„Nein, danke“, wehrt der Freund ab.

Vier Wochen Dosenravioli und Campingplätze, sie haben ihre Nordreise nun hinter sich. Als sie abfahren, winken wir ihnen hinterher.

„Campingplätze!“, lacht Myriel. „Da erlebt man nicht so etwas wie das hier!“, ruft sie und holt weit mit den Armen aus.

„Schön, dass wir mal Glück haben“, sage ich.

Ich muss an die Geweihe denken. Polarfahrer, hörnergeschmückt. Eine Trophäe werde ich nicht davontragen, fällt mir ein. Ich werde nicht aus dem Norden zurückkommen. Merkwürdiger Gedanke. Als erzählte mir jemand den Schluss einer Geschichte, mit der ich nichts zu tun habe.

„Felle!“, sagt Myriel. „Denkst du, wir können auch welche mitbringen?“

„Wir können uns ja“, sage ich vorsichtig, „einmal umschauen. Es gibt sicher genügend Lappenstände an der E 6.“

„Vielleicht auf dem Rückweg“, sagt Myriel. „Dann brauchen wir sie nicht die ganze Zeit mitzuschleppen.“

Darauf weiß ich nichts zu sagen. Für mich wird es keinen Rückweg geben, und einen gemeinsamen schon gar nicht. Was denkt sie sich?

Lagerfeuerabend. Ich kümmere mich ums Feuer. Ein paar Schritte vom Lagerplatz weg in den Busch, und ich bin allein. Ich finde weißgebleichtes Gezweig, unter den Krähenbeeren liegt es wie Vogelgerippe. Einen alten Birkenstorren entdecke ich, den ich mit dem Beil kleinmache. Das Holz quarrt und knarzt unter der Klinge. Dann suche ich Steine. Am Gestein lernt man die Landschaft kennen. Die Steine sind schwer und dicht, mit scharfen Bruchkanten oder gerundet, glatt, grobgekörnt, als Platten, Kugeln oder Dolche. Einer könnte als Faustkeil dienen. Man könnte ihn packen und über den Kopf heben und ihn dem Himmel entgegenrecken, eine neolithische Herausforderung. Es könnte die Gegend für Mammuts sein.

Das Holz brennt mit dem ersten Streichholz. Umhegt von einem Ring aus Granit. Eine fast kultische Handlung. Ich bin mir selber näher als je auf dieser Fahrt. Ich spüre die Leere der Landschaft in mir, den Frieden, den sie gibt. Ich spüre aber auch die Anmaßung meines Vorhabens, die Hybris, mich gegen Gott aufzulehnen. Ich weiß, dass das in Ordnung geht. Es muss so sein. Anders gibt es keine Lösung. Ich muss mein Leben aufbrechen, das geworden ist wie ein Stein, undurchdringlich, in sich verkrümmt. Die Ungewissheit, das jahrelange Schweigen über das, was damals geschah, ist unerträglich geworden.

Ich liebe dieses Land. Ich suche sein Gestein, sein Holz, ich halte mein kleines Flämmchen hinein und koste sein rauchiges Arom, sein Wind fährt hinein und facht die Lohe. Das Land nimmt mein Feuer an.

Die Birkenkloben fackeln und geben einen Duft wie Medizin, das sind die ätherischen Öle. Wir kochen Pilzsuppe und schnitzen uns kleine Spieße, an denen wir Dosenwürstchen rösten. Myriel schaut sich meine Brandwunde am Handgelenk an. Sie nässt. Myriel schüttelt bedenklich den Kopf. Sie pustet Puder darauf und verbindet sie neu. Ich halte hin und bin ganz froh, dass ich das nicht selber mache. Ihre Finger sind kalt und trocken. Sie macht es gut. Vielleicht hat sie Übung durch die Pflege ihres Vaters, aber ich sage lieber nichts. Das Thema könnte sie an die Nacht im Gebirgshotel erinnern.

Gegen Mitternacht nimmt der Wind zu. Ich mache alle Spannleinen des Zelts fest. Unten an der Straße holen wir unsere Plane ein, die heftig an den Pfählen zerrt. Das Plastik ist steif und kalt, der Schatten hat nun die gegenüberliegenden Berge erreicht. Im Norden bleibt eine eisige Helle, Wolken treiben darin wie zartgerötete Blumen. Über das westliche Gebirge kommen Haufenwolken heran und unterqueren ein breites, fedrig geriffeltes Band. Wetterscheide, denke ich. Hier scheiden sich Süden und Norden. Wir stehen an der Grenze.

3. Kapitel
Europastraße

Kurz vor neun ein vertrautes Knistern auf der Zelthaut: Es regnet wieder. Wir besprechen die weitere Route: immer auf der E 6, Trondheim, Mosjøen, Mo i Rana. Dort könnte Myriel sich von mir trennen und quer übers Gebirge nach Schweden hinüber. Aber sie sagt kein Wort. Ich müsste vielleicht etwas sagen, ich bin es, der sich von ihr trennen muss. Aber ich will das jetzt, mit dem Finger auf der Straßenkarte, nicht entscheiden. Dann der Polarkreis, Narvik, Tromsø, Hammerfest, Nordkap. Wir setzen uns Tagesetappen von 200 bis 300 Kilometern, nur von Tromsø nach Hammerfest sind es über 400. So müsste die Strecke von 1500 Kilometern in einer Woche zu schaffen sein.

„Bist du immer noch auf der Flucht?", fragt Myriel plötzlich.

„Und du? Willst du immer noch nicht zu deinem Freund?", frage ich zurück.

Sie zuckt nur die Schultern. „Ja und nein", antwortet sie.

Sie hat recht. Ich bin immer noch unruhig getrieben. Trotzdem fühle ich den Norden, der auf mich wartet. Er macht mich still. Ich will die

Strecke zurücklegen, und es ist keine geringe Strecke. Ich will hinauf an den Porsangen, dorthin, wo alles geschah. Aber es ist keine Flucht mehr. Ich habe mich gelöst vom Alten, ich bin heimatlos in der weiten Leere des Landes, das mich birgt wie einen winzigen Punkt, den niemand sieht. Ich kann verlorengehen in diesem Land, einfach so. Niemand wird von mir Notiz nehmen. Ich werde frei sein. Ich werde tun können, weswegen ich hergekommen bin.

Ich habe etwas mit Gott auszumachen. Dem Gott, an den ich kaum noch glaube.

Trondheim. Wir tanken nur und fahren hindurch. Es hat aufgehört zu regnen, bleibt aber bewölkt. Wir behalten das Regenzeug an. Temperatur fünfzehn Grad. Ich wechsle die Straßenkarte, „Nordland“ heißt das neue Blatt. Narvik ist schon ausgeschildert, 900 Kilometer.

In Steinkjer halten wir an einer Ampel. Myriel klappt das Visier hoch und gibt mir Bescheid, dass sie eine Pause braucht. Sie muss austreten. Ich fahre auf einen Kiesplatz, an den die Böschung einer Bahnlinie anschließt, habe sie aber wohl nicht richtig verstanden.

„Ich friere“, schnauzt sie. „Ich will mich aufwärmen.“

„Ach so.“

Wir fahren weiter zu einer Tankstelle. Während sie auf der Toilette ist, bleibe ich auf meiner Maschine sitzen und notiere mir die Fahrteindrücke.

Fast 2500 Fahrtkilometer haben wir hinter uns, ansonsten sind wir heute nicht so weit gekommen, wie mir lieb wäre. Das Fahren langweilt. Der Trondheimsfjord ist öde, Felder und Wiesen, überall Tempolimit. Oft bilden sich Schlangen, weil ein Sattelschlepper oder ein Wohnwagen vorausfährt. Überholen ist kaum möglich. Ein Supermarkt wirbt mit Öffnungszeiten bis vierundzwanzig Uhr. Zwei Männer ziehen einen Handwagen voll Backsteinen über den Parkplatz und stemmen sich bei der kleinsten Bodenerhebung gegen das Gewicht. Vom Fjord her weht ein eisiger Wind.

Hoch über dem Ufer des Namsen-Flusses. Der Strom zieht in weiten Bögen, an den Hängen Wald. Niedriger Himmel. Wir rasten, es gibt Dosenwurst, Brot, Margarine, die Eier, die wir gestern gekocht haben. Es ist so kalt, dass die Margarine beim Streichen klebt. Am Ufer stehen Häuser, im Kältehauch des Flusses. Wo Menschen überall wohnen, denke ich. Sein Auskommen findet man doch anderswo leichter. Ich erkläre

Myriel, was der Polarkreis ist, der 21. Juni, an dem die Sonne nicht untergeht, und der 22. Dezember, an dem sie nicht aufgeht. Meine rechte Hand tut weh vom Festhalten des Gasgriffs. Die Brandwunde spüre ich kaum beim Fahren. Myriel redet wenig.

„Das mit den Eiern", sage ich, „war eine gute Idee."

Tanken in Trones. Wenn ich das Visier öffne, hängen Tropfen an der Unterkante. Die Luftfeuchte ist so hoch, dass es auch bei höheren Geschwindigkeiten beschlägt. Wenn ich es längere Zeit geschlossen halte, bleicht die Landschaft allmählich aus, wird schemenhaft wie bei Nebel. Dann öffne ich es seitlich, Kälte und Lärm dringen herein, von der Seite her klart der Nebel auf und schwindet rasch. Auf der anderen Seite bleibt ein Rest stehen, ich greife mit der Linken über und öffne es auch dort. Bald aber schmerzen die Augen im Luftzug, und ich muss es wieder schließen.

Die Straße folgt dem Tal des Namsen nordostwärts, die niedrigen Waldhänge rücken nahe heran und versperren die Sicht auf alles außer den grauen Himmel. Einzelne Gehöfte und Häuser am Straßenrand, weit auseinandergezogene Weiler ohne Ortsschild, die nur am Tempolimit erkennbar sind. An Tankstellen die vertrauten blauweißen Schilder: Kiosk, Übernachtung, Imbiss.

Mosjøen am Fjord zwischen Schneebergen. Im weißen Licht eine Aluminiumverhüttung, Holzhäuser mit Giebel und Veranda, ein Supermarkt, dahinter Wald. Wir halten an, um uns zu besprechen. Es wird Abend, das Wetter scheint sich nicht zu bessern. Wenn wir den Fahrttag für heute abschließen wollen, haben wir drei Möglichkeiten: Zelt am Straßenrand, das heißt pure Übernachtung; Campingplatz, das heißt mit warmem Wasser; Hütte, das heißt mit allem. Ich überlasse Myriel die Entscheidung, weil sie sagt, sie sei völlig durchgefroren. Ich habe es warm hinter meiner Verkleidung, das Fahren auf der vollbepackten Maschine gefällt mir. Wenn ich lange fahre, will ich ungern anhalten, und wenn ich anhalte, bin ich froh, wenn ich sitzenbleiben kann. Warm eingepackt laufe ich herum: den Helm auf, in Regenzeug, und mache an der Kasse nur ein paar Knöpfe auf. In den Tankstellen der Kühlschrankgeruch nach Obst und Gemüse, die rotweißblauen Eisfähnchen.

Meine Hand verkrampft beim Schreiben, ich schreibe sitzend, das Buch auf den Tankrucksack gelegt, das ist am einfachsten.

„Wenn es für eine Hütte schon zu spät ist“, meint Myriel, „will ich auf jeden Fall einen Campingplatz. Ich brauche eine heiße Dusche.“

Also halte ich Ausschau nach einem Schild *Hytter* ledig.

Fünfzig Kilometer vor Mo i Rana, kurz vor acht.

Eine Hütte ist noch frei an einem See, der Luktvatnet heißt. Ein steiler Weg führt hinunter auf ein Rasenstück, die Hütte steht unter Birken. Sie ist unverschlossen, wir nehmen sie in Besitz. Im Innern informiert ein Aushang über den Preis und dass der Besitzer zum Kassieren kommen wird. Wir schauen uns die Duschen an. Sie genügen einfachsten Ansprüchen, aber statt eines Münzautomaten hängt ein handgeschriebenes Schild: Obacht! Das Wasser kann kochend sein.

Eben, während ich schreibe, kommt der Besitzer, ein verschrumpelter alter Mann in einem braunen Kordanzug, er spricht nicht viel. Es gibt auch nicht viel zu sagen. Ich bitte ihn herein, weiß nicht, ob ich ihm einen Platz anbieten soll in seiner eigenen Hütte, reiche ihm das Geld. Er setzt sich an den Tisch und holt ein Formularbuch hervor. Ich warte. Seine Hand zittert. Die Hütten sind alle gleich, Fertigbauweise, vermute ich. Ein Stück Wiese und ein Haus zum Waschen, mehr braucht es nicht: Man stellt ein halbes Dutzend Hütten hin und wartet auf die Touristen. Der Mann nimmt das Geld, bedankt sich auf Deutsch und geht. Ich begleite ihn zur Tür. Viele Norweger sprechen Deutsch.

Myriel ist duschen gegangen. Durch das Hüttenfenster sieht man den See, grau zwischen Wald. Die Hütte hat elektrische Kochplatten und Elektroheizung, der Strom kostet ja fast nichts. Norwegen lebt von seiner Wasserkraft. Die vielen Flüsse, Stromschnellen, Wasserfälle laufen vorwiegend in Südostrichtung und folgen der Abdachung des Gebirges. Auch die E 6 folgt den Tälern und überwindet nur gelegentlich einen Bergstock. Sie ist die Hauptverkehrsader in den Norden, Fernverbindung und Handelsweg, aber auch lokale Dorfstraße. Sattelschlepper fahren auf ihr genauso wie Bauern mit ihren Treckern. Eine Mutter schiebt ihren Kinderwagen spazieren. Ein Versehrter fährt in seinem Rollstuhl. Manchmal wird sie einspurig ohne Mittelstreifen, besonders wenn sie ins Fjell hinaufführt. Viele Baustellen gibt es, die Straße mit Schotter eingeworfen oder der Asphalt abgeräumt, aber kein Bauarbeiter zu sehen. Wegen der strengen Winter muss der Belag oft erneuert werden. *Vejarbetsområde* – das Schild prägt sich ein. Es ist

Sommer hier, auch wenn das Wetter herbstlich ist. Wie soll man die Landschaft beschreiben? Man hätte nichts als die bekannten Bilder: Schneeberge, Seen, Nadelwald, Moore, Birkenbusch. Hinter Steinkjer geht es am langgestreckten Snåsavatnet entlang, bis die Straße ein Fjell überquert und das Namsdalen erreicht. Erst bei Mosjøen gelangt man wieder in fruchtbares Land mit Laubwald und Heuwiesen. Die Straße folgt den Tälern nach Norden. Das ist der einfachste Weg, alles andere ist unerschlossene Wildnis.

Wir kochen Zwiebelsuppe und Reis auf der Kochplatte, dazu Chinagericht süßsauer aus der Dose. Nach dem Essen eine Pfeife. Myriel schnüffelt und nickt anerkennend.

„Richtig heimelig", meint sie und reibt sich die Hände.

„Wie war das Duschen?", frage ich.

„Herrlich", sagt sie und legt mir die Hand auf die Schulter. „Nur ist das Wasser manchmal kochend heiß." Sie hat also herausgefunden, was das Schild bedeutet. Ich habe es ihr nicht übersetzt.

Danach gehe ich duschen. Das Waschhaus steht in dem Gehöft jenseits der Straße. Ein gekachelter Raum mit einem Waschbecken, einem Hahn für Abwaschwasser, einem durch eine Tür abgetrennten Duschraum. Als ich duftend und frischgewaschen hinauskomme in den kühlen Abend, begegnen mir zwei Mädchen mit Putzeimer und Gummihandschuhen. Die Töchter der Familie, sie machen sauber. Wir grüßen uns, und ich frage, ob sie vielleicht eine Zeitung hätten. Sie verweisen mich auf den Hof. In der Küche finde ich den Alten, der mir die Seite mit der Wettermeldung aufschlägt und über das Wetter der vergangenen Woche redet, was ich aber nicht verstehe. Die Wettermeldung bringt mir nicht viel, sie ist zu allgemein, mit einer Isobarenkarte könnte ich mehr anfangen.

Abend zum See. Der Himmel steht still, voll qualmiger Wolken, unter ihm ruht alles wie in einem großen Saal. Wo der Fluss den See verlässt, rauscht es. Das Wasser läuft beständig, ein lauteres Wasser, es läuft, als käme alles Unglück des Menschen daher, nicht auch so beständig und genügsam zu laufen. In der Mitternacht sind Falter unterwegs. Die heimliche Stunde bannt sie, eigentlich müsste ihr wirrer Flug im Silber des Sees vergehen. Am anderen Ufer liegt der Berghang ganz nah, die Fichten spitz und schwarz und sehr einzeln. Das ist nun der nordische Wald. Er hat keine Säume oder Winkel. Einzeln besteht er Ufer und Berg, ich ginge hinüber zu ihm wie zu einer Gruppe schweigsamer Leute.

Hinter der Hütte führt ein Pfad zum Fluss. Der Stamm eines umgestürzten Baumes ragt über das Wasser hinaus. Dort liege ich wie in ein Bild hinein, meine Gestalt hat flimmernde Ränder und fügt sich nicht. Ich rauche, blase weiß den Rauch gegen den weißen Himmel. Der Rauch quillt, steht dann bewegungslos, wird zum unleserlichen Zeichen. Die Mücken tanzen langbeinig wie zu einer Andacht. Je länger ich liege, desto mehr löscht mich die Landschaft aus. Alles um mich her flimmert. Die Dinge sind nackt und unkenntlich, als wäre verstohlen ein Racheengel vorbeigegangen.

*

Am Morgen hat der Waschraum noch Spuren vom Abend: die Schmutzwasserabdrücke unserer Schuhe auf den Fliesen. Abwasch im Becken unterm dampfenden Strahl, der Stahlwollschwamm schäumt längst nicht mehr, eine feine graue Ablagerung bleibt in den Alutöpfen. Sie schlagen aneinander und klingen. Auf dem Rückweg blicke ich zum Himmel, über den See, die Bäume. Ein geduldiges Grau. Schmerzlos. Der Schmerz vergeht im beständigen Strom.

Myriel geht im Dorf einkaufen. Sie bringt mit: eiskalte Milch, Müsli, Eier, Pfirsiche und Bananen, Trockenobst und Nüsse, frisches Brot und Würfelzucker.

„Weil doch die Zuckerdose immer aufgeht", sagt sie.

„Du bist lieb", sage ich.

Dann frühstücken wir. Wir haben Ansichtskarten von Dombås geschrieben und brauchen unterwegs einen Postkasten. Die sind in Norwegen rot. Nur widerwillig schlüpfe ich in das gummierte Regenzeug. Doch auf der Maschine sitzend, mit Helm und Handschuhen, fühle ich mich wohlig eingepackt. Ich wechsle wieder das Kartenblatt: „Troms mit Lofoten".

Abfahrt Viertel nach zwölf.

Im unbewegten Grün des Sees spiegeln sich Schneeberge. Auf einer Holzbrücke steht ein Junge, im Vorbeifahren erzählt der Blick in sein Gesicht eine karge Kindheit zwischen Hof, See und Berg. Wie kommt man in solche Geschichten hinein? Man müsste bleiben können, merke ich. Tage verbringen und mit den Menschen reden. Selbst seine Zeit haben zwischen Hof, See und Berg. Das ist mir früher nicht aufgefallen.

Tanken in Bjerka. Die E 6 schwenkt nach Osten und erreicht die Spitze des Sørfjords, eines Ausläufers des Ranafjords. Von Hemnes aus bietet sich eine herrliche Aussicht nach Norden: Bergstöcke, Birkenmoore der Hochebene, walddunkel eingesenkte Täler. Gletscher schimmern an fernem Gestade, das muss der Svartisen sein.

Mo i Rana. Eine Industriestadt mitten in der Tundra, Erzgruben, im Hafen liegt ein Schiff mit blaugestrichenem Rumpf, nordischblau, das Ladegeschirr ragt hell gegen die Berge.

Seit langem wieder eine Ampel. Ohne Fahrtwind ist das Motorengeräusch ungewohnt laut, die Leerlaufdrehzahl zu hoch, der Zeiger pendelt unruhig. Hier wäre für Myriel ein guter Ort zum Abbiegen nach Schweden, aber sie macht keinerlei Anstalten. Weiter oben zweigt nur noch eine schmale Straße ab und führt mitten durch die Wildnis. Ich zeige es Myriel auf der Karte.

„Ach“, sagt sie, „ich fahre noch ein Stückchen mit. Wenn du nichts dagegen hast.“

„Mir ist‘s recht“, sage ich, obwohl ich nicht weiß, ob es das ist.

Im Dunderlandsdal wird die E 6 eine Waldstraße, durch einen Wald voller Moos, Steine und Blumen. Plötzlich ein Straßentor mit einem Schlagbaum und einer Tafel darüber: *Saltfjellet.* Neben der Schranke ein grünes Schild: *åpen.* Erst später begreife ich, dass das eine Sperre ist wie bei Alpenpässen, falls sie unpassierbar sind. An diese Stelle kann ich mich nicht erinnern. Überhaupt erkenne ich wenig wieder. Vielleicht liegt das an der Monotonie der Bilder. Oder daran, dass ich nur einmal hier oben war. Eine Eisenbrücke über den Fluss, der Wald bleibt zurück. Die Straße zieht in ein langes Hochtal hinein und gewinnt die Passhöhe. Oben wird das Tal zu einer Schuttfläche, Schnee zu beiden Seiten kennzeichnet die Gipfellage. Eine weite, sanft gebuckelte Flur in Rosttönen, dazwischen Gelbgrün, Steinblau, Lavendel. Eine Bahnlinie taucht aus einem Tunnel, begleitet von einem Mastenspalier. Weiter oben stehen Reisebusse, ein Häuschen, Verkaufsbuden. Wir sind am Polarkreis.

Statt mich an die Fahrt mit Jan und Vera denken zu lassen, erinnert mich der Ort an ein Foto, auf dem ich ihn zum ersten Mal gesehen habe. Damals war das ein Mythos: die Steinpyramiden, die weithin den Verlauf des Breitengrades markieren; die Granitsäule mit dem Eisenglobus; die geheimnisvolle Inschrift *Polarsirkel.* „Im Land der Mitternachtssonne“ hieß der Titel. Das haben wir nun betreten. Ein eisiger Wind weht. Wir fotografieren einander, plump vermummt neben der Säule. *Am Polarkreis* wie in einem Nordpoltagebuch. Wir schauen uns um, begutachten das Angebot der Lappenstände, die Felle und Geweihe noch zu teuer. Die Bretterbuden sind mit Planen gedeckt. Eine Jurte mit Eisenofen steht im Hintergrund, wo sich die Sami aufwärmen. In den Klokabinen ist es windstill, der Harngeruch sticht in die Nase.

Imbiss an einem Tisch, Schopflocher Dosenwurst am Polarkreis, die Sülze ist steif, das Metall der Dose eisig. Im warmen Innern des Kioskhäuschens kaufen wir Aufkleber und Ansichtskarten.

„Wie oft warst du eigentlich im Norden?", fragt mich Myriel. „Ich komm da nicht ganz mit."

„Viermal", erzähle ich. „Nur einmal über den Polarkreis hinaus. Aber das ist schon lange her", sage ich abwinkend. „Manches erkenne ich wieder, aber manches erlebe ich auch völlig neu."

Weiterfahrt anderthalb Stunden später, gegen halb sechs. Wir haben jetzt 3000 Fahrtkilometer hinter uns.

Tanken Fauske um sechs. Luftdruck kontrolliert.

Die Berge sind hier um dreizehnhundert Meter hoch, der Gebirgskamm liegt jenseits der schwedischen Grenze. An der Abzweigung der Reichsstraße 375 hat Myriel kurz gezögert. Wir haben angehalten und uns besprochen.

„Ich fahre mit ans Nordkap“, sagt sie. „Wenn du mich willst.“

Ich nicke nur.

Und weil sie weiß, dass ich nicht noch einmal nach ihrem Freund fragen werde: „Lars und ich müssen noch was klären. Das wird nicht so einfach. Ich möchte mich noch ein bisschen davor drücken.“

Sie schaut mir direkt in die Augen. Sie ist ernst, wie ich sie selten gesehen habe. Also lächle ich und sage: „Ich nehme dich gern mit.“

Was daraus wird, weiß ich nicht. Eigentlich sollte ich allmählich alleine sein. Vielleicht gerade die Strecke ans Nordkap hätte ich allein wiedersehen sollen. Aber ich fürchte mich auf einmal vor dem Alleinsein. Vielleicht wird das anders, wenn ich oben am Porsangen bin, wenn ich nach Hammerfest komme. Vielleicht geht es nur um den Schauplatz von damals, und alles andere ist unwichtig. Ich weiß es nicht. Ich bin nur froh, dass sie da ist.

Wörter, die sich während der Fahrt ansammeln, die das Unterwegssein prägen. *Noroil*, die rotblauen Tankstellenschilder mit der landeseigenen Benzinmarke. Das Öl aus der eigenen Off-Shore-Förderung hat Norwegen reich gemacht. Und *Jordbær*, die Erdbeerstände am Straßenrand.

Kurz vor Ladenschluss um halb acht in einem Lebensmittelladen. Die heißen hier *daglegvarer*: Täglichwaren.

Wir kaufen ein: Milch, viel Milch, Schokolade, Orangensaft, Brötchen, getrocknete Feigen. Myriel meint, dass wir wegen der Kälte und der ständigen Anstrengung für uns sorgen müssen. Ich gebe ihr recht. Die E 6 bohrt sich mit vielen Tunnels in den Berg, die Tunnels sind unbeleuchtet, das Urgestein glänzt feucht im Scheinwerferlicht.

Seit drei Tagen fahren wir unter demselben bleiernen Himmel, in derselben fahlen Helle, die auch nachts bleibt. Manchmal ein glühender Streif am Horizont, ein scheuer Glanz auf dem Wasser eines Sees, eine flüchtige Ahnung, wie das Land im Licht der Mitternachtssonne aussehen könnte. Das Grau hat zwar etwas Angenehmes, aber auch Schwere, etwas Lähmendes. Ich frage mich, ob die Fahrt damals mit Jan und Vera nicht auch darunter gelitten haben könnte. Ein schmerzloser Himmel als Ursache menschlichen Unheils.

Lagerplatz Viertel nach acht unter einem Berg namens Kråkmotinden.

Wir fahren auf eine Anhöhe mitten im Moor hinauf, ein Granitsockel, der für Zelt und Feuerstelle Platz bietet. Mücken schwärmen, über uns ragt die steingepanzerte Zinne, die aussieht wie der Kommandoturm eines U-Bootes. Birkengehölz zieht sich die Hänge hinauf bis zu den Schotterhalden, die den Berg strähnen. Mitternachtshelle, dreizehn Grad. Irgendwo bergab hören wir einen Fluss rauschen.

Wir sitzen Stunden am Feuer, in der fahlen Helle, die auch um Mitternacht nicht weicht. Alles steht still und schweigt. Irgendwann schwärmen auch die Mücken nicht mehr. Das Feuer glimmt nur noch, über uns der Berg, dessen Gipfel in treibende Wolken gehüllt ist. Zum Essen gibt es Gyros-Reis aus der Pfanne, dazu Brot, Wurst, Käse und heißen Tee. Myriel kauert im Schlafsack neben mir. Eine merkwürdige Befangenheit zwischen uns. Um eins gehen wir schlafen.

*

Nachts träume ich von Vera. Taube, süchtige Träume ohne klaren Inhalt, die aber eine Haltlosigkeit zurücklassen, die mir das Unterwegssein schwer macht. Das Unterwegssein ist selber eine Sucht, ich flüchte mich in seine Zeitlosigkeit. Der Gedanke, dass ich alle Verstrickungen ein für allemal los sein werde, ist eine bloße Tatsachenfeststellung. Weder Trost noch Ernst erwachsen daraus. Ich weiß nicht, ob es Sinn hat, was ich mache.

Halb neun beschließe ich, wach zu werden und mich dem Tag zu stellen. Ein Geruch nach Sonnenwärme hängt im Zelt, draußen zeigen sich blaue Lücken im Gewölk. Mit dem Polarkreis überschreitet man keine geografische Grenze, weiß ich jetzt, sondern eine Grenze aus Zeit. Eine andere Zeit mit anderen Gesetzen.

Wir waschen uns am Wassersack, der im Busch hängt. Die Mückenstiche von gestern beginnen zu jucken; die Lust, sich zu kratzen, bis man den Lederanzug darüberzieht. Zum Frühstück Müsli mit Milch und Bananen, dazu Nüsse und getrocknetes Obst.

Temperatur bei achtzehn Grad. Wir wagen es und lassen das Regenzeug eingepackt. Abfahrt gegen elf.

Hinter Skillvassbakk öffnet sich plötzlich ein Fernblick wie eine Titanenbühne: aufgerissener Himmel über den Fjorden, grüne leuchtende Inseln in der See und dahinter die blauen Gestade der Lofoten. Blaue Berge wie Zelte mit Schneegipfeln, ein sagenhaftes Thule am Rand des nordischen Meers, segelnd in einem lichten Blau. Ein Licht aus der Höhe, wo Gott wohnt. Ein Licht von unter dem Rand, aus der Leere hinter dem Horizont. Die „Glücklichen Inseln“, denke ich. Hesperiden. Mir werden die Augen feucht. Das alte Fahrtenlied fällt mir ein: *Schneefelder blinken, grüßen von Ferne her. Lande versinken im Wolkenmeer.* Ich grüße zurück, als könnte ich mir dadurch ein Stück dieses Glücks sichern. Nein, ein Glücksritter bin ich nicht. Eher ein Unglücksritter, unterwegs ohne Hoffnung. Der Weg führt uns an der Küste entlang bis zur Fährstelle in Bognes.

Ankunft Fährhafen Viertel nach zwölf. Eine breite Straße führt direkt zum Hafen. Ein Kassenhäuschen und die Markierungen von Wartereihen. Wie immer fahren wir an der Autoschlange vorbei und stellen uns vorne hin, damit wir als Erste eingewunken werden können. Über der See eine fast narkotische Bläue. Cumulus treiben, der Fjord glänzt silbern. Die Granitrücken sind mit Grün gesprenkelt und hier und da mit pudrigem Weiß. Nunataks ragen mit scharfen Zacken aus dem sanften Gleichmaß der Berge hervor.

Auf der Fähre sehen wir, dass der Himmel nur über dem Fjord aufgerissen ist. Landeinwärts hängt weiterhin die flachgeschichtete Wolkendecke. Als wir aufs andere Ufer zufahren, trübt es sich wieder ein. Ankunft der Fähre Viertel nach eins.

Aufenthalt in Ballangen, das auf der Karte als größere Stadt eingezeichnet ist. Myriel muss Geld von der Bank holen. Sie lädt mich zu einem Eis ein, ein Luxus im asketischen Budget meiner Fahrt.

„Warum eigentlich?“, fragt Myriel. „Geld hast du doch genug.“

„Stimmt“, sage ich leichtfertig. „Und gerade auf dieser Fahrt käme es nicht darauf an.“

„Warum gerade auf dieser?“, will sie natürlich wissen.

„Vielleicht erzähle ich dir einmal von den früheren Fahrten.“

„Und von Vera?“, fragt sie.

Ich schaue sie an. Sie lächelt und kneift die Augen zusammen. So keck sie manchmal auftritt, meint sie es kein bisschen frivol.

„Davon kann ich nicht erzählen“, sage ich. „Die Geschichte dafür habe ich noch nicht. Vielleicht finde ich sie auf dieser Fahrt.“

„Und dazu musst du allein sein, stimmt's?"

„Ja."

Vielleicht könnte ich ihr tatsächlich die ganze Geschichte mit Vera und Jan erzählen. Das habe ich noch nie irgendjemandem erzählt. Vielleicht würde das alles leichter machen. Vielleicht habe ich ja Myriel zu diesem Zweck überhaupt mitgenommen. Aber hier, auf der Europastraße, ist mir mein Vorhaben und die ganze Sache von damals wieder so fern, so fremd. Eine blöde Geschichte, die keinen Sinn ergibt und niemanden interessiert.

Tanken in Narvik.

Eine nordische Zitadelle. Verladekais, Eisenbahnanlagen, Erzfrachter. Wegen der Verhüttung des Eisenerzes, das mit der Bahn aus Kiruna kommt, war es im Zweiten Weltkrieg von strategischer Bedeutung. Zum ersten Mal fülle ich Öl nach.

Wir fahren am Ufer des Fjords entlang über eine Brücke in die Stadt hinein. Das Klima ist milder hier am Fjord, das macht der Golfstrom. Ein Wegweiser zum Kriegsmuseum, *Røde Kors Krigsminne.* Myriel braucht neue Filme vom Fotografen, wir fahren die Hauptstraße unter Laubbäumen entlang und entdecken den berühmten Schilderbaum. Dutzende von Wegweisern, die in die verschiedensten Richtungen zeigen, irrwitzige Kilometerangaben bis nach Belgrad, Paris oder Rom, aber auch greifbarere Ziele: Hammerfest 666, Nordkap 739, Kirkenes 1049. Darüber das Stadtwappen, gelber Anker auf rotem Grund, und der Hinweis: *2420 kilometer fra Nordpolen.* Myriel macht ein Bild davon mit unseren Helmen darunter.

Während sie nach einem Fotogeschäft sucht, schaue ich mich im Hafen um und versuche, näher an die Kais zu gelangen. Ich würde gerne die Züge aus Kiruna ankommen sehen. Aber der Weg ist zu weit, ich beginne im Lederanzug zu schwitzen. Ich halte Ausschau nach einem der zahlreichen Wracks, die in den Fjorden liegen sollen, die „Georg Thiele" zum Beispiel. Als Myriel zurück ist, frage ich sie, ob sie das Kriegsmuseum besichtigen will.

„Viel zu schön hier", sagt sie, „um in der Vergangenheit zu kramen."

Ich zucke die Schultern. Vielleicht hat sie recht. Vielleicht sollte ich einfach die Landschaft genießen und die Vergangenheit begraben. Begraben kann man aber nur die Toten.

Erste Pause um Viertel vor fünf zwischen Fossbakken und Brattli.

Den Fjord im Norden Narviks fährt die Straße fast ganz aus. Am Nordufer zweigt wieder ein Sträßchen ab, die Grenze ist hier ganz nah. Wäre reizvoll, die Erzbahn hinüber nach Schweden zu begleiten.

Wir haben die Provinz Nordland hinter uns und sind jetzt in Troms. Das Wetter ist bewölkt, aber trocken. Es gibt als Imbiss Dosenfisch, Salami und Brot. Myriel schaut auf die Uhr und stellt fest, dass sie zuhause gerade von der Arbeit kommen.

„Wir haben es hier verdammt schön!", meint sie und lacht.

Plötzlich überkommt mich eine tiefe Traurigkeit, ich weiß nicht weshalb. Vielleicht ist es ihr Lachen. Vielleicht die Erkenntnis, dass ich gerade fast glücklich bin. Vielleicht die heftige Sehnsucht nach einem Leben in Freiheit, wie es diese Fahrt vorspiegelt, und das Wissen um die Unmöglichkeit. Gerne würde ich mit Myriel weiterfahren, übers Nordkap hinaus, zum Inari, nach Lappland, eine Hütte an einem See mieten … aber dann? Irgendwann müsste ich zurück, zurück in mein unerträgliches Leben, und das ist unmöglich geworden. Der feste Vorsatz, zu dem ich aufgebrochen bin, ist noch fest, aber papieren wie eine Aktennotiz, wie die tragisch knappe Formel auf einem Gerichtsurteil: Tod durch Erschießen. Wie im Krieg. Vielleicht bin ich im Krieg, und das ist mein letzter Kreuzzug.

Vom Norden habe ich noch nicht genug. Noch nicht genug, um alles aufzugeben und zurückzulassen. Ich fühle mich wohl beim Fahren, freue mich am Vorwärtskommen, an jedem Tag und den Erlebnissen, die er bringt, an jedem Kilometer, mit dem ich dieses Land in mich aufnehme, von ihm gesättigt, durchdrungen werde, als gälte es, ein größtmögliches Gewicht zu erreichen, das der Fliehkraft widerstände.

Myriel hat von den Tränen in meinen Augen nichts bemerkt. Wenn ich schreibe, lässt sie mich in Ruhe. Weiterfahrt gegen sechs.

Nordkjosbotn: Das Bergmassiv steht hoch im Licht, von Schatten überflogen. Der Fjord greift leuchtend ins Land hinein. Eine Fischfabrik am Ufer. Ein Frachter am Kai. Ein Rabe, der über den Fjord fliegt, hinein ins Licht.

Einkauf an einer Tankstelle, halb acht. Wir füllen den Wassersack am Hahn. Wir kaufen Obst und Milch, eine Spülbürste, weil die Stahlwollschwämme sich auflösen, und einen Intimartikel für Myriel, den wir scherzhaft Ölfilter taufen, weil sie beim Fragen den englischen Namen nicht weiß. Der Verkäufer ist freundlich. Er schließt seinen Laden ab, steigt in sein Auto, fährt nach Oteren, geht in sein Holzhaus, wo Licht brennt, auch wenn es über Mitternacht hinaus hell bleiben wird, begrüßt seine Frau, seine Kinder, setzt sich im Wohnzimmer vor den Fernseher … ein Leben jenseits des Polarkreises.

Lagerplatz am Südende des Storfjords, Viertel vor neun haben wir uns eingerichtet. Das Zelt steht unter Birken an einem Wildfluss.

Auf dem Fahrweg hier herauf muss Myriel mitten an der Steigung anhalten, ich auch, aber meine Maschine beginnt trotz gezogener Vorderbremse zu rutschen. Ich kann nichts dagegen tun, weil ich beide Füße zum Abstützen brauche und mit der Gashand die Bremse halten muss. Ich lenke die Maschine rückwärts gegen einen Felsblock, kann die Vorderbremse lösen und Gas geben, das Anfahren schwierig wegen des Schotters, aber ich schaffe es. Dann fahre ich zügig an Myriel vorbei, steige oben ab und gehe zurück, um ihr zu helfen. Für solch schwieriges Gelände sind unsere Maschinen nicht gebaut. Aber ich lasse es mir nicht nehmen, entlegene Plätze zu suchen, damit wir nicht neben der Straße campieren müssen.

Abend zum Fjord. Menschenleer, matt bespiegeltes Wasser. Die wenigen Häuser machen ihn noch einsamer.

Wir kochen im Zelt wegen der Mücken. Es gibt Bohnensuppe aus der Tüte und gebratene Nudeln. Ich bin müde. Müde der vielen Eindrücke tagtäglich. Müde der wartenden Ungewissheit. Müde der Vorläufigkeit und Zeitlosigkeit. Würde gerne einmal bleiben, in einer Hütte sitzen am Fenster und auf den Fjord hinausblicken, schreiben, rauchen. Die Zeit festhalten. Zur Besinnung kommen. Ich fahre und fahre und weiß gar nicht mehr warum. Auch die Beständigkeit wird mich nicht ans Ziel bringen, wenn ich keins habe.

Menschliches Wohnen. Dasein, Frieden. Der Geruch nach Rauch, der Mensch an meiner Seite …

Wem sage ich das? Wer wird diese Aufzeichnungen lesen, wenn ich tot bin? Ich schreibe für mich selbst, für den Augenblick. Denn ich werde später nicht mehr auf diese Zeit zurückblicken können. Das Schreiben ist ein Reflex, eine Reaktion des Menschen, eine Antwort auf den Anruf des Todes oder des Lebens. Auf den Anruf Gottes. Ich muss schreiben, ich muss von dem sagen, was in mir vorgeht, auch wenn es außer Gott niemand je erfahren wird. Es ist eine in die Ewigkeit vorausgesandte Botschaft.

Den eigenen Weg gehen, das ist der Sinn des Lebens. Dorthin gehen, wohin man schon nicht mehr gehen zu können glaubte. Dorthin freiwillig gehen, wohin Gott einen zwingt. Gott ist furchtbar, in unseren eigenen Tiefen, weil wir als Menschen sterben können. Sterben können: Das ist die herausragende Fähigkeit des Menschen.

*

Ein neuer Tag. Wir stehen um Viertel vor zehn auf und waschen uns im Fluss, von Kopf bis Fuß, bis die Haut vom Eiswasser taub ist. Die Wolkendecke hat sich geschlossen, der Tag ist grau, der Fluss rauscht öde. Wir packen zusammen, die gewohnten, liebgewonnenen Handgriffe unseres Reisehaushalts. Beim Frühstück besprechen wir die Route des Tages.

„Heute kommen wir in die Finnmark“, sage ich.

„Wir sollten einmal einen Ruhetag einlegen“, entgegnet Myriel.

Vielleicht hat sie einen Hintergedanken dabei, aber ich stimme zu.

„Am besten in Hammerfest“, sage ich und habe nicht vergessen, dass wir damals zwei Tage in Hammerfest verbrachten, in einer Hütte, bevor wir das Nordkap erreichten. Ungewollt scheint sich die Vergangenheit zu wiederholen, ich lese die Steinchen auf, als könnte ich dadurch die Fährte löschen. Vielleicht ist es gut so. Ich bin neugierig, wie das Wiedersehen auf mich wirken wird. Der Blick durchs Fenster. Vera morgens im Schlafanzug. Jan mit seiner schwarzroten Jacke, die immer laut knitterte. Ich möchte ab jetzt mit Jan fahren, sagt sie eines Morgens. Können wir das Gepäck umpacken? Vera ist fröhlich, tätschelt mir manchmal die Hand. Und dann das. Du willst dich bloß an sie ranmachen, sage ich Jan ins Gesicht.

Heute wollen wir bis Alta kommen.

Heute hatte ich wieder einen Traum von Vera, an den ich mich aber nicht erinnern kann. Er bewirkt merkwürdigerweise, dass mir Myriels Weiblichkeit besonders auffällt. Die Unbefangenheit vom Anfang ist weg. Jetzt kommt es mir seltsam und unangemessen vor, dass ich mit einer Frau unterwegs bin, dass wir Abend für Abend nebeneinander im Zelt schlafen.

Ich versuche zu begreifen, dass ich endlich wieder die Grenze überschritten habe. Ich warte auf eine Weite und Leere, dass sie über mich kommen.

Und ich kann nicht unterscheiden, ob das echte Sehnsucht oder Sentiment ist, Lebenssuche oder nur Selbstinszenierung. Das konnte ich mein Leben lang nicht. Aus der Verstrickung kommt man nicht heraus, und das Tragische: Man strickt selber daran mit. Eine Verfehlung der Dinge, an die man nicht reicht, die man aber selber betreibt. Es heißt, Gott sei dafür gestorben: Das war eine einzige, einfache Tat. Aber sie löst die Verstrickung nicht.

Was ist wirklich? Befinde ich mich im Hier und Jetzt, oder ist das bloß die fühllose Gegenwart des Monologs, des Zwiegesprächs mit dem eigenen Dämon? Die beständige Helle setzt mich aus, eine Offenheit, in der ich mich nicht wiederfinde, eine Geschichte, die aus den Fugen gerät. Diese Helle kommt tatsächlich von hinter dem Horizont. Täglich fahre ich in sie hinein, vom Licht ins Licht, und bin selbst nur ein Lichtstreif am Himmel, das Schimmern auf einem Gletscher, das Glitzern in einem Fjord.

Während ich schreibe, schaue ich zu, wie Myriel an ihrer Maschine die Kette fettet. Sie streicht ihr Haar aus dem Gesicht. Ihre Hände sind ölverschmiert. Sie tut es selbstverständlich, sie ist, wer sie ist. Ein ganzes Leben trennt mich von ihr.

Die Straße am Lyngnen entlang. Der Lyngnen ist ein stiller Fjord. Die Straße umrundet den tief ins Landesinnere eingeschnittenen Meeresarm. Das Wasser ist klar wie Glas, silberne Riffelungen darin, *glasristningar*, eine magische Gemme des Nordens.

Die Straße folgt jeder Biegung jedes einzelnen Fjords. Auf der gegenüberliegenden Seite kann man zurückblicken und sich noch fahren sehen. Menschenleere Wasser, menschenleeres Land. Nur vereinzelt Häuser, ein Lebensmittelladen, Lappenzelte am Straßenrand, wo Felle verkauft werden. Fischgeruch. Ein Gartenviereck, umfriedet von Krüppelbirken, auf dem Rasen steht verlassen eine Kinderwippe. Jenseits davon Wildnis.

Fischerboote treiben draußen auf dem Spiegel, dahinter heben sich Schneeberge, Wolken quellen auf ihren Rücken. Ein Schotterweg zweigt ab, nahe am Ufer eine rote Holzhütte, das Schreien der Möwen. Nach ein paar Schritten steht man am Fjord, der leise gegen die Steine plätschert. Einmal halten wir und schauen uns eines der Trockengerüste an, die am Ufer stehen, beschickt mit Kabeljau wie mit Schuppen eines Drachenpanzers. Stockfisch. Die Fangsaison geht zuende.

Die Straße überquert den Bergkamm einer Halbinsel, das Kvævangerfjell. Als Schotterstraße steigt sie über Serpentinen auf, oben eine karge Hochfläche mit Firnresten. Unten im Fjord brodelt der Nebel. Ein Rudel Rentiere strömt über die Hänge, quert das uralte Land.

Tanken in Burfjord, halb fünf. Wieder unter Menschen, als sei man Gott weiß wo gewesen. Bäume, Straßen, eine Tankstelle. Der Golfstrom verliert allmählich an Einfluss. Hier ist der Norden unwirtlich und groß.

Ein paar Schritte von der Straße weg, und schon verschluckt einen die Landschaft. Wenn man riefe, gegen die Berge etwa, könnte man sich nicht hören. Man erschrickt. Man wird einfach weggesaugt.

In Alta, halb sieben. Wir sind in der Finnmark. Ich wechsle das Kartenblatt.

Das Fjordlicht diesig blau in Schattierungen bis an die Kimm. Dort draußen, denke ich: das Nordmeer. Das Eismeer. Die Grenze.

Sennaland. Ich erkenne es wieder. Daher kommen die traumverlorenen Bilder in meiner Erinnerung. Durchs Stokkedalen geht es aufwärts, selbst das

Birkengehölz bleibt zurück. Oben öffnet sich die Weite. Der Wind wohnt hier, tastet unruhig übers Land, das ihm keinen Halt bietet. Kuppen bis an den Horizont, Bühnen aus Glanz und Schatten, dazwischen öffnen sich Podeste und Kulissen aus Licht, Länder fern und märchenhaft und unerreichbar. Die Straße strebt über den greisen Schild der Erde, eine beliebige Spur nur, randlos und ausgesetzt. Die Fahrzeuge kriechen auf ihr heran wie winzige Wesen mit Scheinwerferaugen, kilometerweit sichtbar, bis sie endlich mit kurzem Rauschen vorbei sind. Neben der Straße laufen Strommasten her und markieren sie wie ein dürrer Zaun. Lappendörfer haben sich in der Landschaft gebildet wie Naturerscheinungen, kristalline Auswürfe von Hütten und Zelten mit Schornsteinen, eine Holzkirche, abgestellte Autos, die Namen im Vorbeifahren nicht einmal lesbar. Lachsflüsse dann und wann, breit und seicht, mit eingestreuten Findlingen, so dass die Wasser sich schorfen wie grobkörniger Gneis. Angler stehen bis zu den Hüften darin, kleine Gestalten im dunklen Atem des Flusses. Einmal ein Rentierpferch, worin die Herde hell wimmelt wie kleines Pelzgetier, ziellos und traurig.

Das Breidal abwärts sehen wir wieder das erste Haus mit norwegischer Flagge, als hätte man Ausland durchquert. Samiland. Sennaland. Dort haben sie nun zu hausen, die Nomaden von lang her: im Offenen, im Wind, unter schmerzlosem Himmel. Ein Gleichnis für das Menschengeschlecht – jenseits von Eden im Lande Nod.

Kvalsund Viertel nach elf. An der Meerenge nach Kvaløya, auf der Hammerfest liegt. Die Brücke ist gebührenpflichtig. Für eine Hütte ist es jetzt zu spät. Die Landschaft ist kahl, nur Gras und Klippen und Möwen. Ich zeige mit dem Finger: Da! Da bleiben wir! Ein öder Sandplatz vor der Brücke, am Straßenrand. Der eisige Wind, der Kampf mit den flatternden Planen, bis wir endlich das Zelt aufgeschlagen haben. Ich kämpfe mit dem Wind, als wäre er mein persönlicher Feind. Halb zwölf steht das Zelt, wir räumen ein, ich koche, es gibt heißen Pfefferminztee und Kalbfleischsuppe aus der Tüte. Myriel sitzt da, die Arme auf die Knie gelegt und den Kopf dazwischen. Sie sieht erschöpft aus. Ich streiche ihr über den Kopf, erschrecke vor der Berührung. Ich weiß nicht, was los ist. Sie redet nicht. Hilflos lasse ich meine Hand auf ihrer Schulter liegen. Sie ist schmal und wirkt zerbrechlich, wie eine Frauenhand. Wie ich meine Hand da liegen sehe, denke ich an Vera. Selten konnte ich meine Hand so auf

Veras Schulter legen. Mit diesem Frieden in mir, dieser Unschuld. Mit dieser scheuen Zuneigung, die ich schon lange nicht mehr für jemanden empfunden habe.

Nach dem Essen schlüpfe ich in den Schlafsack und schreibe. So schweigsam wie Myriel ist, kommt es mir vor, als wäre ich allein. Ich bin mir vertraut hier drinnen im Zelt, während draußen der Wind tost und die Möwen schreien. Myriel ist ein mir fremder Mensch, ich kenne sie nicht. Ich wage kaum, mich ihrer Gegenwart auszuliefern. Es ist wie ein Wunder, dass es so einen Menschen gibt. Wie bin ich auf die Idee gekommen, diese Fahrt mit ihr zu machen? Zuhause, unten im Süden, hat sich das alles arglos ausgenommen. Ich habe eine unbekannte Größe in meinen Plan eingebaut.

Jetzt, da sie schläft, könnte ich Myriel eine Geschichte erzählen. Eine Geschichte des Nordens:

„Im Sommer ist unser Leben leicht. Wir verlassen die Berge und ziehen ans Meer. Die Sonne geht nicht unter. Unsere Weiden sind fett. Zehntausend Hufe knistern, und die Stiere murren im Pferch. Doch wir können die Trauer des Tages nicht immer tragen.

Dort ist Ingaane, die mit dem Renkalb kämpft. Ingaane, die am Strand geht und Brennholz sammelt, für das Feuer in der hellen Mitternacht. Ingaane, die ihren weißen Pelzrock trägt, denn du musst schön sein, sagen die Alten, wenn du zu den Rentieren gehst.

Ja, im Sommer ist unser Leben leicht. Die Sonne geht nicht unter, und unsere Herde ist stark. Doch wir können die Trauer des Tages nicht immer tragen. So lass das Leben leben, sagen die Alten."

4. Kapitel
Glockenblumen

Aufbruch kurz vor elf nach Hammerfest. Kurz vor zwölf Tanken in Rypefjord.

Halb zwei finden wir eine Hütte auf dem einzigen Campingplatz in Hammerfest. Den erkenne ich kaum wieder. Vielleicht hat sich seit damals auch zu viel verändert. Ein kahler Hang mit Blick auf die Stadt, die nördlichste Stadt der Welt: fast 71 Grad nördlicher Breite. Achttausend Einwohner.

Der Blick aus dem Hüttenfenster zeigt die Hafenbucht, wo ein Kreuzfahrer festgemacht hat, und den Flugplatz am Nordhang. Draußen nebelumwobener Sund, eisverblaut wie vom nahen Pol. Hier verlässt der Golfstrom die Küste. Daran erkennt man die berühmten Kaps, heißt es: am Aufeinandertreffen kalter und warmer Meeresströmungen. Ein großer Fels ist der Bucht vorgelagert, eine Vogelinsel aus Granit, ein Musterbild der Geomorphologie: sanfte Auflaufseite mit gerundetem Gipfel und scharfe Abbruchkante auf der eisabgewandten Seite. Seezeichen. Hammerfest-Zeichen. Mahnend vor den Abgründen des Zeitmeers, auf dem wir segeln.

Oft sehen wir jetzt Rentiere, vor allem Kälber, neben oder auf der Straße, sie flüchten in ihrem ungeschlachten Trab, die Beine überweit gespreizt. Einmal sehen wir sogar eines in einem Garten weiden.

Wir haben uns schnell eingerichtet. Unausgesprochen werden wir nicht nur eine Nacht bleiben. Die Motorräder, ledig aller Last, stehen schmal vor der Hütte. Die übliche Ausstattung mit Elektroheizung, Stockbetten, Kochplatte, das Waschhaus hat eine Zapfstelle für Wasser. Wir ziehen uns um, stehen in der Tür und schauen hinaus wie Hausbesitzer am Feierabend. Ja, jetzt ist Zeit, am Fenster zu sitzen, eine Pfeife zu rauchen, nachzudenken. Der Tee schmeckt nach der Gummierung des Wassersacks.

Nachmittag in Hammerfest. Der Kreuzfahrer läuft aus, ein blauer Rumpf mit gelben Aufbauten, dumpf lässt er sein Horn in der Bucht dröhnen. Auf der Karte verfolge ich noch einmal die Strecke durchs Sennaland. Es gibt keine andere Straße, nur Wanderpfade am Rand des Fjells. Ausflüge könnten wir machen zu Lappenlagern, Geweihe und Felle begutachten. Nach Kautokeino zum großen Markt, wo sich die Sami der Umgegend versammeln. Dort kommen sie an aus der Wildnis, tauchen aus dem Birkenbusch auf mit nichts als einer Blechtasse und einem Messer. Luchse gibt es und Bären und Wölfe. Menschenleere Fjorde. Einzelne Höfe, nur mit dem Boot erreichbar. Sturmwolken über dem Wasser. Das sind so die Grenzen, denke ich: Licht, Wind, Wolken. Stein, Wasser, Eis. An die reichen wir nicht. Wir reichen nur in den Abgrund. Dort findet uns nicht einmal Gott.

Nachmittag in Hammerfest. Der Ausblick aus dem Fenster ändert sich nicht. Eine heiße Dusche, dann die Wärme der Heizung.

Wir treten vor die Tür wie zu einem Spaziergang. Wir wollen sie erkunden, die nördlichste Stadt der Welt. Die Häuschen sind adrett, sonnengelb, lindgrün, rosenrot. Auf den Fensterbänken dösende Katzen oder Porzellanfiguren. Sauber asphaltierte Sträßchen, wir kommen an einer Bank vorbei und an einem Friseur. Die Kirche mit ihren Glasfenstern grüßt herüber, dreieckig wie die Eismeerkathedrale in Tromsø. Als eine der ersten Städte Europas bekam Hammerfest elektrische Straßenbeleuchtung, wegen der vielen Selbstmorde in der langen Polarnacht.

Neben der Straße steht der nackte Porphyr an. Dort, über den Häusern, war damals das Transparent gespannt: *Velkommen*, rotweißblau beflaggt. Die Fünfhundertjahrfeier. Zwischen den Häusern sieht man den Hafen, Ladebäume, Lagerschuppen, Kais. In den Gärten blühen Kamille und Löwenzahn.

In den Geschäftsstraßen findet man deutsche Namen wie Knobloch und Gebhardt. Im Hafen kleine Motorschiffe und Kutter, die Marktbuden werden abgeräumt, zertretenes Gemüse auf dem Asphalt. Nachmittag in Hammerfest. Wir leisten uns ein Eis, sahnig und in Krokantkrümel getaucht, es ist ja Sommer hier. Die Jungen streifen in kurzen Hosen und T-Shirts herum, in einem Kiosk treffen wir auf Halbstarke mit Turnschuhen und Colaflasche: herumhängen am Wochenende, abends in die Disco. Viele hier sprechen Deutsch. Das kommt von der deutschen Besetzung. *Ein kleines Eis? Guten Appetit.*

Wir steigen auf den Aussichtsberg, den Salen, achtzig Meter über dem Meer. Jetzt liegt Hammerfest unter uns wie eine Modellstadt in angelegter Landschaft. Den Wiederaufbau hat man symmetrisch betrieben mit zwei weitausgreifenden Neubausiedlungen, mit Wohnblocks für dreißig Familien und Sportplatz. Auf dem Aussichtsturm starrt eine eiserne Fahne nach Norden, der Eisbär auf einem Eisenspeer. Wie im Fjell wachsen auf dem Gipfel Flechten, Moose, Wollgras, Krähenbeerbüsche. Die harten schwarzen Beeren zerbeißt man, schluckt das gespeicherte Wasser und spuckt Hülle und Kern wieder aus. Im Schutz eines Steins wachsen Glockenblumen: die nördlichsten der Welt. Den berühmten nördlichsten Wald, den es hier geben soll, finden wir nicht. Damals habe ich ihn, glaube ich, gesehen.

Abend in Hammerfest. Es wird nicht dunkler, nur später. Die Jugendlichen rasen mit ihren Autos die Hauptstraße entlang und wieder zurück. Ein Mopedfahrer übersieht die Vorfahrt und boxt mit einem Auto zusammen; er erhebt sich, nimmt sein Fahrzeug auf und fährt weiter: der nördlichste Verkehrsunfall der Welt. Wir albern herum und wissen nicht, was wir mit dieser Stadt anfangen sollen. Unten am Hafen hat das Grüne Kreuz ein Zelt aufgeschlagen, es gibt Würstchen und Butterbrote, und eine Band spielt.

Das Flanieren und Schauen tut gut. Ich bewege mich nicht. Das Fahrzeug ist zur Ruhe gekommen, ich kann bleiben. Die Dinge fügen sich in ihre Ordnung. Häuser, Menschen, die eigene Wärme unter der Kapuze. Myriel hat ihre Schweigsamkeit abgelegt, wir zeigen einander Sehenswertes und witzeln, sind einander wohlgesonnen. Umso weniger weiß ich, was in ihr vorgeht.

Zum Abendessen gibt es Lasagne aus dem Wasserbad und Suppe. Nachts noch eine Pfeife, in der eigentümlichen Helle der Mittsommernacht. Die Stadt liegt ausgestorben wie nach einem Giftgasangriff, beim Spülen klingen die Töpfe meilenweit. Erst der Blick auf die Uhr offenbart die Ruhestörung: Es ist halb zwei. Ich erinnere mich, dass der Sommer in Skandinavien Zeit der weißen Nächte heißt.

*

Aufgewacht um halb zehn. Frühstück. Die gewaschenen Kleider hängen an einer Leine quer durch die Hütte und sind über Nacht getrocknet. Ich träumte von einem Korallenatoll in grünem Wasser und Palmenstrand. Gehen im heißen Sand, und draußen in der türkisen Lagune stakst Vera, graziös wie ein Reiher, Muscheln sammelnd. Merkwürdige Träume auf siebzigeinhalb Grad nördlicher Breite.

Myriel hat ihre Wanderstiefel ausgepackt und trägt enganliegende Jeans. Sie will heute etwas unternehmen, eine Wanderung auf den Tyven, vierhundert Meter, dreieinhalb Stunden. Oder mit dem Kutter hinaus zu Angeltouren, obwohl sie gar nicht angelt. Bevor sie losgeht, gesteht sie mir, dass sie in meinem Fahrtenbuch geblättert hat. Ich habe es auf dem Tankrucksack liegenlassen.

„Wann?“, frage ich, als ginge es um einen Seitensprung.

„Gestern“, sagt sie.

„Was hast du gelesen?“

„Nichts Privates. Nur die Reiseaufzeichnungen.“

Woher will sie wissen, was ich als privat bezeichne? Aber vielleicht hat sie nur die Notizen von unterwegs gelesen, seit wir den Polarkreis überquert haben.

„Du hast eine gute Beobachtung“, sagt sie, als wollte sie mir schmeicheln. „Die Fähigkeit, Dinge treffend auszudrücken.“

„Lenk jetzt nicht ab“, sage ich. Ich bin verstimmt, weil sie geschnüffelt hat. Doch der Gedanke, dass sie von meinem Vorhaben gelesen haben könnte, berührt mich merkwürdigerweise nicht. Es geht sie zwar nichts an. Aber auch der gegenteilige Gedanke, dass ich mit ihr darüber sprechen könnte, lässt mich auf einmal gleichgültig. Vielleicht könnte ich die Geschichte nun tatsächlich erzählen.

„Tut mir leid“, sagt sie und legt mir ihre Hand auf die Schulter. Jetzt sind wir quitt, denke ich unwillkürlich. Die Hand liegt leicht und warm auf meiner Schulter, ich greife danach und drücke sie. Sie schaut mich an, ich sehe, dass sie etwas bedrückt. Was ist denn los?, will ich fragen, aber ich bringe kein Wort über die Lippen.

Jetzt ist sie zwei Stunden weg. Sie fehlt mir, stelle ich fest. Was will ich von ihr? Ich sollte mich um die Vergangenheit kümmern, um Vera und Jan und wie sich damals, hier, alles zugespitzt hat. Ich lese im Thielicke, aber das geht mir zu nahe. Der Schmerz Gottes um mich, die Todesverlassenheit … Genau das aber sind wir: verstrickt in diese Welt, so fest, dass an den Fäden zu reißen Qual bedeutet. Einmal wird es uns herausreißen, heraus aus allem, und nackt und lose hängen wir dann im Leeren, und die Fäden baumeln noch an uns wie bei einer pervertierten Geburt. Alles in dieser Welt strebt zum Leben, sagt Albert Schweitzer, und alles Leben strebt zum Tod. Je rascher und heftiger das Wachsen, desto schneller das Vergehen. Und wird auch nicht alles alt, so geht es doch zugrunde. Augustinus. Dabei habe ich mir doch immer nur das eine gewünscht: dass die Welt einmal stehenbliebe, dass ich zur Besinnung käme. Dass Gott dort oben eingreifen und mich ansprechen würde, und ich würde aufblicken wie im Traum und sagen: Es gibt dich also. Du kümmerst dich um mich. Ja, das würde ich gerne glauben. Aber was nützt das für diese Welt? Was nützt das für ein verfehltes Leben, für die einzige, vertane Chance, die man jemals bekommen wird? Was soll das für ein Weg sein: von Schuld erstickt, lebensunmöglich geworden, eingekerkert zwischen endlos wiederholten Geschichten, dass mich ekelt, wenn ich nur deren Worte höre, deren Bilder sehe – wie soll den einer gehen können?

Das Böse ist nur der Ausfall des Guten, und der führt ins Nichts. Seltsame Gedanken für einen Sonntag in Hammerfest. Wenn es nicht schon zu spät wäre, würde ich die Kirche besuchen, die dreieckige. Eine Predigt hören, die ich nicht verstünde. Unter Glaubenden sitzen, die ich nicht kenne, ungläubig. Wenn ich meine Maschine dort vor dem Fenster stehen sehe, kommt es mir unwahrscheinlich vor, dass sie mich hierhergetragen hat, über viertausend Kilometer. Wie komme ich hierher? Wie kann ich so selbstverständlich hier umhergehen, sitzen, schreiben, so tun, als wäre ich hier zuhause? Ich darf es nicht. Es ist ein Wunder, dass ich hier bin. Wenn ich morgen zuhause aufwachen würde, die ganze errungene Entfernung binnen eines Augenblicks geschwunden, dann würde ich es nicht mehr schaffen, noch einmal aufzubrechen.

Wenn ich darüber nachdenke, wie hier alles seinen Ausgang genommen hat damals, kommen mir Zweifel. Vielleicht ist mein Vorhaben doch unsinnig und nutzlos. Ich kann mich kaum an die Geschehnisse oder Gespräche erinnern, nur an einzelne Sätze, an Blicke und Gesten. Ich weiß aber, dass sich damals langsam, hinterhältig, ein Hass in mir breitgemacht hat. Ein Zorn, den ich am Mobiliar ausließ oder an meiner Maschine, wenn die beiden in die Stadt gingen ohne mich. Vielleicht wäre ich aus dem Teufelskreis herausgekommen, wenn ich versucht hätte, Vera Gutes zu tun. Gutes dadurch, dass ich sie allein ließ. Dass ich aus ihrem Leben verschwände – aber das ist Unsinn, sie hat es selbst nie gewollt. Am letzten Abend hat sie es gesagt: Sie will mit Jan weiterfahren. Seine Maschine mit der rotglänzenden Verkleidung. Die schwarzrote knitternde Jacke, in der Jan weder friert noch schwitzt. Du willst dich bloß an sie ranmachen. Du hast es auf sie abgesehen, von Anfang an. Du spinnst. Willst du, dass Vera wegen deiner Eifersucht leidet? Ich kann nichts mehr dagegen sagen. Ich werde wütend und werfe den Tisch um. Ich werde rücksichtslos, auch wenn es mitten in der Nacht ist, und brülle. Denkst du, dass du mich so halten kannst?, sagt Vera ruhig. Je wütender ich werde, desto stiller ist sie. Verachtung in ihrem Blick. Dann könnt ihr gleich allein fahren, brülle ich. Fahrt doch miteinander! Haut ab! Am nächsten Morgen fahren sie ab. Vera hat das Gepäck umgeladen, ich schaue ihnen noch nach durch das Hüttenfenster. Dann bin ich allein. Ein schreckliches Alleinsein. Ich weiß nicht mehr, was ich getan habe. Durch die Stadt gelaufen, am Hafen die Festlichkeiten der Fünfhundertjahrfeier, auf den Fjord hinausgeblickt. Ich weiß nicht mehr, war es still in mir oder brüllte es vor Wut und Einsamkeit. Ich blieb. Einen Tag. Eine Nacht. Dann war ich wirklich allein, niemand kam zurück, sagte: Ich habe es mir anders überlegt, ich will dich nicht zurücklassen. Dann waren sie wirklich weg, ich konnte sie nicht mehr einholen. Das ist es, woran ich mich erinnere. Aber die Verstrickung war in Wahrheit noch übler, noch hinterhältiger. Es ist zu spät, scheint mir. Mit Analysen gewinne ich nichts mehr.

Gerne würde ich die Schuld von mir werfen wie einen Berg, dass ich sie endlich vor mir hätte. Das Schweigen endlich brechen und jemandem sagen, jemandem ins Gesicht schreien: So war es! Das ist passiert! Vielleicht bin ich schuld, vielleicht war es nur ein Unglück. Aber so war es. Doch ich bekomme nichts zu fassen als Fadenenden, ein Knäuel, wechselnde Muster wie bei einem Vexierbild, und ich will sie deuten, um vielleicht doch noch eine heile Stelle zu finden, einen Ort, an dem ich ich bin und immer noch sein kann, aber die Deutungen widern mich an. Ein existenzieller Brechreiz. Ich will nicht deuten. Nicht herumdeuteln an der Geschichte, an dem, was war. Ich will leben. Ja, schreib diesen Satz noch einmal: ICH WILL LEBEN!

Dumm gelaufen. Eben, als ich den Revolver hervorhole, zum ersten Mal auf dieser Fahrt, kommt Myriel herein. Solche Zusammentreffen gibt es nur in Romanen. Eine Schmierenkomödie, die da einer mit uns spielt. Ich stehe da mit dem Ding in der Hand, und sie kommt zur Tür herein, leichtmütiger als beim Fortgehen, und ich drehe mich um, verstecke es nicht einmal hinter dem Rücken. Es fehlt nur noch, dass sie aufschreit und davonläuft. Stattdessen bin nur ich überrascht. Sie blickt einmal kurz darauf, wie auf einen toten Fisch oder ein abstruses Werkzeug, dreht sich um und hängt ihr Cape an den Haken.

Ich mache Tee. Wir setzen uns an den Tisch. Und da beginnt sie, mir von ihrem Freund zu erzählen, Lars heißt er ja, aber sie spricht es Schwedisch aus: Larsch. Ich begreife nicht gleich, dass sie ihn meint. Von Luleå erzählt sie und wie er von seinem Auslandsstudium in Deutschland zurückfuhr nach Nordschweden, wie er sie gebeten hat, möglichst bald nachzukommen. Für immer. In den Semesterferien war sie bei ihm, sie fuhren in die Berge und büffelten gemeinsam in der Bibliothek, aber immer, wenn Myriel von ihrem Vater anfing, rastete er aus.

„Er will", sagt sie, „dass ich meinen Vater im Stich lasse. So nenne ich es. Er zieht die Formulierung *ihn in Pflege geben* vor."

„Die Fahrt wollte ich mit dir machen", sagt sie, „weil es sowieso die gleiche Richtung war und damit ich nicht allein bin. Auf meiner Maschine fühle ich mich unabhängiger, als wenn ich mit dem Zug gefahren wäre. Verstehst du? Er soll nicht meinen, dass ich tanze, wenn er pfeift."

„Diesmal will ich reinen Tisch machen", sagt sie.

„Eine Entscheidung?", frage ich nach.

„Vielleicht", sagt sie und verknotet unablässig ihre Finger. „Auf jeden Fall ein letztes Gespräch. Er muss endlich begreifen, dass ich ihm nicht nachkommen kann."

„Nun nun“, versuche ich zu beschwichtigen, „so ein Studium dauert ja nicht ewig. Ihr könnt ja – “.

Aber ihr Blick unterbricht mich. Ein beängstigender Blick, hilflos wie ein Kind, dunkel, erfüllt von der Bereitschaft, erbittert zu hassen. Ich weiß nicht, in welchem Boden ihrer Lebensgeschichte dieser Hass gewachsen ist. Doch ich kenne solche Gewächse, habe sie oft genug in den Seelen von Menschen gesehen, um zu wissen, dass ihre Früchte irgendwann geerntet werden müssen.

Sie steht da mit ungewollter Noblesse, die Hände in die Hüften gestützt, den Kopf zurückgeworfen. Sie weiß in diesem Augenblick nichts von sich, das sehe ich, aber ihr Leib erinnert sich, erinnert sich einer Sicherheit und Unantastbarkeit, die ihr verlorengegangen ist. Ich achte auf ihre Hände, wie sie ihren Unterleib befühlen, und sehe plötzlich Veras Hände vor mir, Veras Unterleib.

„Aber – “, sagt sie.

Ja: aber. Das ist alles, was der Mensch sagen kann, wenn das Blinde, Gleichgültige unbarmherzig in die Wirklichkeit eingebrochen ist, aus einem Nirgendwo, als hätte es dort die ganze Zeit gelauert. Auch wenn ich nicht weiß, worum es geht, und nicht mehr werde fragen können: Ich habe verstanden. Da ist etwas, an das nicht einmal sie selbst rühren will. Ich versuche im Stillen, aus dieser Seelsorgerrolle herauszukommen.

„Er will also keine Beziehung auf Distanz“, sage ich, „sondern sofort und alles. Er hat andere Pläne als du. Aber es ist vermessen, überhaupt Lebenspläne aufzustellen“, sage ich. „Das tun nur ungefüge Menschen, die mit dem Rücken zum Abgrund leben und leugnen, dass es ihn gibt.“

Doch du, Myriel, denke ich: Hast du nicht einen eigenen Plan? Aber ich sage nichts. Ich halte meinen Mund. Vielleicht liebt sie ihn. Vielleicht bekommt sie ein Kind von ihm. Was geht's mich an? Ich kann mich nicht um die Geschichten anderer Leute kümmern. Ich bin hier, um abzuschließen, habe mit dem Leben, dem ringenden, nichts mehr zu schaffen. Und doch rührt mich unsere Aussprache. Wenn ich nicht mein Vorhaben hätte, wenn dies nur eine gewöhnliche Urlaubsreise wäre, dann würde ich mich dieser Ge-schichte aussetzen. Aber dann würde ich wieder vor einem fremden Leben stehen, davorstehen wie vor Veras Leben, würde eindringen und helfen wollen, lieben wollen, und würde wieder schuldig werden, weil ich es nicht kann. Nein, es ist gut, dass wir uns jederzeit trennen können, dass alles, was uns verbindet, mit einem Winken an der Straßenkreuzung zu lösen ist.

„Ich begleite dich ans Nordkap“, sagt sie. „Aber

irgendwann musst du mir erzählen, was mit euch dreien damals geschehen ist.“

Ich schulde ihr ein Geheimnis. Vielen schulde ich vieles. Vera und Jan ein Leben …

Der Norden: die aus stillen Räumen sich weitenden Großformen. Die Tiefe des Wassers, in dem die Berge spiegeln. Das Schaukeln des Tangs, wenn ein Boot über den Felsboden in den Fjord hinausgeschoben wird. Der Sonnenstreif, der um Mitternacht vom Rand des Eismeers aufglüht.

Den Abend verbringen wir mit Gesprächen über das tragische Heldentum der Germanen. Die Götter kämpfen gegen die Riesen ihren eigenen Kampf, in dem die Menschheit nur Spielball ist. Das heidnische Schicksal, das die Welt regiert, ist zutiefst tragisch und ausweglos. Es gibt nur vorübergehende Siege, und am Ende sind alle Anstrengungen, alle Tränen, Taten und Tode vergebens. Selbst die Götter werden vergehen. Das ist der tiefere Sinn des Ragnarök: Dass der Kampf gegen das Böse vergeblich ist und dennoch heroisch geführt werden muss. Dass der Kampf sein Heldentum in sich selbst hat. Thielicke hat auch davon geschrieben. Vor diesem Schicksal haben die Menschen heute noch Angst.

Sie verstehen die Versehrtheit ihres Lebens falsch: Statt sich Schuld und Gericht zu stellen, sind sie gebannt von Angst und Verhängnis. Das ist die Versehrtheit des heutigen Menschen. Myriel hört mir zu, sie versucht zu verstehen. Ich wundere mich ein wenig, dass sie das so ernst nimmt. Als würde ich im Gegenzug von mir erzählen.

Wir haben die Laterne brennen und die Fenster verhängt. Eine zweite helle Nacht würde ich nicht aushalten. Im Dunkeln sitzen wir, und ich lese ihr die Geschichte vor, die ich gestern geschrieben habe. Sie liegt auf dem Bett, die Augen geschlossen. Ich kann nichts dagegen tun, dass es in meinen Ohren wie eine Predigt klingt, ein „Wort des Zuspruchs“, wie es fromm heißt. Für wen? Für sie? Oder für mich selbst? So lass das Leben leben. Das kann ich nicht. Dass ich ein erfülltes Leben verfehlt habe: das ist die Schuld, die mich zerstört.

Myriel nimmt die Geschichte auf wie die Wärme einer Haut. Ich kenne sie nicht. Je länger sie liegt, schweigend, an meiner Seite, desto unentrinnbarer kommt mir die Vergangenheit vor. So liegt damals auch Vera, so schweigend, so unerreichbar. Mit ihren Kinderaugen und dem roten Mund. Mit dem traurigen Gesicht, das sie enthüllt wie eine Anklageschrift. Vera mit ihrem weichen Mädchengesicht, in dem ich niemals jene Härte des Hasses vermutet hätte, die sie mich sehen lässt. Jene Fratze des Leidens, wie sie nur Frauen haben können. Den Hass und den Kampf gegen den zugefügten Schmerz. Ein Kampf, der mich schuldig werden lässt, auch wenn er nicht mir gilt, sondern dem Leid. Ich habe die Schuld auf mich genommen. Ich habe dieses Leid verursacht, wenn ich auch nicht weiß wodurch. Ich habe es heraufbeschworen, ich bin derjenige, der sie in diesen Kampf verwickelt, aus dem sie lebensunfähig hervorgeht. Das ist nach den Ereignissen am Porsangen. Irgendwo in einer Hütte an der finnischen Grenze. Da sind wir nur noch zu zweit, altvertraut in unserer gegenseitigen Zerfleischung. Ich komme mir vor wie ein Wächter, damals, ein Gotteswächter, der standhalten muss, der enthüllen muss, was nicht verborgen bleiben darf. Das sind damals meine eigenen Angelegenheiten. Es geht mir gar nicht um Vera. Es geht mir um die Wahrheit, die nackte Wahrheit eines nackten Leidens. Dem muss ich standhalten in heroischem Kampf. Was für eine Blasphemie! Aber das, weiß ich noch, ist für mich damals Gott. So begegne ich ihm. In Veras Gesicht sehe ich nicht nur die Ferne Gottes, seine lebenslange Verleugnung, sondern mehr noch seine Unausweichlichkeit. Vielleicht sehe ich darin auch meine eigene Gottesleugnung. Damals weiß ich es nicht, würde es auch nie zugeben, denn ich will ja Pfarrer werden. Heute weiß ich es noch weniger.

Veras Gesicht ist schön, in ihrem Hass und ihrem Leid. Etwas scheint darin auf, etwas, das ihr ganz allein gehört und auf das ich keinerlei Anspruch habe. Ich müsste von ihr die Finger lassen, dürfte nicht einmal Zuschauer sein. Und doch hat sie sich mir offenbart.

Alles, was ich hier tue, kommt mir manchmal wie ein unentrinnbarer Narzissmus vor. Einmal habe ich den Revolverlauf in den Mund geschoben, um zu sehen, wie sich das anfühlt. Das kalte, harte Metall in der warmen, feuchten Mundhöhle – es ist widerlich. Nichts weiter. Absonderlich und widernatürlich. Ich kann mir nicht vorstellen, wie in meinem Mund das Pulver explodieren wird und das Projektil, dumm und notwendig, den Knochen durchdringen und im Gehirn steckenbleiben wird. Das muss ich auch nicht. Ich brauche bloß einen Hebel zu drücken, das ist die ganze Tat.

Als Myriel schläft, gebe ich ihr einen Gutenachtkuss auf die Wange. Sie bemerkt ihn nicht.

*

Wir nehmen uns noch einen Tag. Wir sind beide seltsam still heute. Wir wissen nicht, ob uns das abendliche Gespräch verbinden soll oder ob wir überhaupt verbunden sein wollen. Vielleicht wäre ein Ausflug nicht schlecht, aber das Wetter ist immer noch trüb und grau.

In der Stadt bummeln wir zum Hafen. Das Grüne-Kreuz-Zelt steht noch da, es ist diesmal keine Band, die spielt, sondern die Musik kommt aus Lautsprechern. Wir wissen nicht, was gefeiert wird. Wir wollen für uns bleiben. Das Nebeneinanderhergehen hat eine merkwürdige Note bekommen; es herrscht eine Spannung zwischen uns, zumindest empfinde ich das so. Wo es zuvor keinen Gedanken wert war, wie weit voneinander entfernt unsere Hände baumeln, denke ich jetzt daran, dass sie sich zufällig berühren könnten. Blicke ich Myriel von der Seite an, meine ich, dass es ihr ähnlich geht. Manchmal bemerke ich, dass sie mich anschaut.

Ich mache den Vorschlag mit dem Ausflug. Im Süden gibt es einen samischen Opferstein zu sehen, und im Nordwesten bei Forsøl *steinaldertufter*, steinzeitliche Siedlungsspuren. Das klingt alles nicht besonders interessant, aber vielleicht tut es uns einfach gut zu fahren. Merkwürdig, die um alles Gepäck erleichterten Maschinen zu fahren. Als wären wir wieder auf Mopeds unterwegs. Wir nehmen den Fahrweg übers Fjell nach Forsøl. Auf der Hochfläche machen wir Rast. Jeder sitzt schweigend und schaut. Das Meer im Dunst. Inselgebirge in der Ferne. Jenseits das Eismeer. Ich rauche, um zu mir selbst zu kommen, das innere Horchen auszuhalten. Einmal spüre ich, dass sie mich ansieht, und ich blicke zurück. Wir lächeln nicht, doch ist es hinterher wie ein geheimes Einverständnis.

Danach halten wir in Hammerfest an einem Lokal, ein Fischrestaurant oder besser: eine größere *gatekøkken* mit Hochtischen und Barhockern, essen Fisch mit süßer Remoulade, trinken ein Bier dazu. Einzelne schwedische Wörter sind mir manchmal ein Anlass zur Reminiszenz an den Sprachkurs an der Uni, den Myriel auch besucht hat.

„Hier sitzen wir Nordlandfahrer und trinken unser Öl", scherze ich. „Erinnerst du dich?"

„Was meinst du?"

„Den Unterschied zwischen schwedisch *öl* und *olja*", sage ich und versuche fröhlich zu klingen. „Der Sprachkurs bei Mikkel Råbjerg, *varifrån kommer du, jag kommer från Luleå*", zitiere ich und merke zu spät den Fauxpas.

Sie lächelt nur müde. „Luleå", wiederholt sie. „Darüber kann ich nicht lachen."

Wir kommen auf Kinder zu sprechen, Myriel möchte welche mit ihrem späteren Mann. Merkwürdig, wenn eine Frau das so sagt: Man kann sicher sein, dass man dieser Mann nicht ist. Plötzlich fällt mir ein, dass das Kind, das vielleicht Veras und meins war, jetzt schon in der Schule wäre. Ein kleiner Junge, der zu mir Papa sagen würde. Oder ein Mädchen, das mir auf den Schoß kröche. Ich lasse mir nichts anmerken, was bei unserer wortkargen Konversation nicht schwer ist. Aber jetzt, hier in unserer Hütte, während Myriel duschen geht, kommt alles herauf.

Wenn es Veras und meins gewesen wäre. Oder war. Im Buch Kohelet gibt es eine Stelle, wo von den ungeborenen Kindern die Rede ist, die im Dunkel kommen und ins Dunkel gehen, deren Namen Gott aber kennt. Schöner Gedanke. Auch David sagt einmal, dass sein Kind, das er mit Bathseba hatte, nach dessen Tod bei Gott sei und er deshalb keinen Grund mehr zur Trauer habe. Er wusch sich und kleidete sich an und machte weiter mit den Tagesgeschäften. Die anderen verstanden das nicht.

Die anderen verstehen das nie.

Vielleicht war es auch von Jan.

Keiner weiß das.

Wenn Vera noch leben würde, könnte ich mich damit auseinandersetzen. Ich könnte mit ihr reden, mit ihr zusammensein, es gäbe noch diesen einen Bezugspunkt in meinem Leben, selbst wenn er eine Schuld bedeutete. Aber natürlich ist das eine Täuschung. Ich könnte nicht mit ihr reden, das war schon lange nicht mehr möglich. Merkwürdig, dass die Schuld wie eine Krankheit ist, dass sie langsam und unerkannt wächst: Wenn sie offen zutage tritt, ist es schon zu spät. Die Schuld ist wie eine Geschichte. Irgendjemand muss sie schreiben. Für wen schreibe ich? Sollen irgendwelche Zurückbleibenden eine Erklärung in Händen halten, oder eine Rechtfertigung, oder eine Bitte um Vergebung? Nein, das Schreiben selbst ist die Geschichte. Es geht nur mich und Gott etwas an, einen Gott, den es vielleicht gibt, nur nicht für mich.

Der Tee erhitzt das Metall der Tasse in meiner Hand. Ab und zu ziehe ich an meiner Pfeife. Ein leises poppendes Geräusch, dann wölkt der graue Rauch. Aufsteigend vom Pfeifenkopf ist er blau. Myriel sieht mir zu, während ich schreibe. Wieder sitzen wir stumm einander gegenüber. Ich verstehe nun, dass sie sich mir ausgeliefert hat und nicht weiß, ob sie es bereuen soll. Ich sehe es an ihrem sprachlosen Blick. Und auch ich habe mich irgendwie ausgeliefert, oder werde es tun. Das ist etwas, was uns beide aneinander bindet. Es ist schon geschehen, wir können es nicht rückgängig machen.

Aus heiterem Himmel erzähle ich ihr von der Abtreibungsklinik, in der Vera und ich waren. Ich gebe vor, es vom Hörensagen zu erzählen, aber ob sie mir das abnimmt, weiß ich nicht. Ich muss diese Bilder einfach loswerden, viele Menschen sind es nicht, denen ich je davon erzählt habe. Das Wartezimmer, in dem lauter Frauen sitzen, kein einziger Mann außer mir. Die Wände mit Dschungelmotiven bemalt, eine strotzende, fleischige, blühende Fruchtbarkeit. Dann der kurze Moment, zu dem ich geholt werde, ihre dünne Hand in meiner, fast widerwillig. Ich weiß nicht einmal, ob nicht schon alles vorbei ist. Irgendwo da unten fummelt der Arzt mit einem Saugrohr, Geräusche, an die ich mich nicht erinnern will. Bei der Schwangerschaftsberatung haben sie uns Bilder gezeigt von zerrissenen Föten, die der Sauger in Stücke gehackt hat. Nichts bleibt als Schleim und Gewebe. Das hätte eine Rebecca werden können oder ein Jonathan oder ich weiß nicht wer. Es wäre unser Kind, doch das würde unsere Beziehung auch nicht retten. Das ist uns beiden klar, als wir vor dem behandelnden Arzt sitzen. Beide sind wir mittellos, *Soziale Indikation* heißt das damals. Dann ist alles vorbei. Ich werde hinausgeschickt, habe sekundiert wie zu einem Duell, dessen Kontrahenten ich nicht begreife. Vielleicht ein Kampf zwischen Vera und dem wehrlosen Leben, das einfach wächst, wenn man nichts dagegen tut. Vielleicht ein Kampf zwischen Vera und mir, Vera und Jan, ich habe keine Ahnung. Vielleicht ist es auch der Kampf des Arztes, der für die Selbstverwirklichung der Frau eintritt. Ich bin damals schon nicht mehr einverstanden mit der Abtreibung. Anfangs ja, weil ein Kind schlechterdings nicht in Frage kommt. Dann bekomme ich Skrupel, steigere mich in den Gedanken hinein, ein Leben auszulöschen, und versuche, mich mit biologischen Argumenten zu beschwichtigen. Aber es ist meine Pflicht, zu ihr zu halten, das weiß ich, und so stehe ich an dieser Liege in diesem verdunkelten Zimmer, halte ihre Hand und kann nicht verhindern, dass da ein kleines Zellenbündel durch ein Rohr gesaugt wird – ach verdammt!

Damals bin ich schon allein, ich habe es bloß noch nicht begriffen. Auch Vera ist schon allein, allein mit ihrem Kampf um ihr eigenes Leben. Hinterher, auf der Heimfahrt mit ihrem Bruder im Auto, liegt sie auf der Rückbank, bleich, die

Hände um den Leib geschlungen, als wollte sie etwas beschützen, was sie zum Glück nicht mehr hat. Diese Hände sind es, an die mich Myriels Hände erinnert haben.

Das habe ich Myriel alles erzählt. Verpackt in einen anonymen Erlebnisbericht. Eine Reportage zum Thema Schwangerschaftsabbruch. Ich bin sicher, dass sie mir das nicht abnimmt. Gut, dann habe ich mich jetzt ihr ausgeliefert. Es muss so sein. Dazu bin ich hierhergekommen, für solche Auslieferungen, für solche Geschichten.

Als ich damals das Ethik-Seminar besuchte, war ich ein naiver Aristotelesschüler und glaubte, dass man ethisches Handeln lernen kann. Dass es lehrbar sei. Jetzt weiß ich, dass Schuld keine Frage der Ursächlichkeit ist oder zureichender Möglichkeiten, anders zu handeln. Schuld ist unausweichlich. Im Nachhinein. Sie ist eine Verstrickung, in der wir uns auf einmal wiederfinden. Eine Verstrickung, die unser Leben ist, aus der wir nicht erlöst werden können, es sei denn, wir werden aus unserem Leben erlöst. Egal, ob ich damals hätte anders handeln können. Egal, ob meine Motive verständlich oder menschlich oder gar verzeihlich sind. Egal, wie viel Mitschuld andere daran haben: Die Schuld besteht.

Die Verfehlung.

Das Kind ist tot. Jan ist tot. Und Vera ist tot.

Nur ich bin noch übrig. Und es gibt keinen Ort auf der Welt, wo ich mein Leben in Sicherheit bringen könnte.

Myriel liegt auf ihrem Bett und hört Musik. Sie hat den Walkman aufs Kissen gelegt und die Kopfhörer übergestreift. Wenn sie sich bewegt, knacken ihre Gelenke. Manchmal ein Lidflattern. Sie ist unterwegs in ihrer eigenen kleinen Welt.

Ich habe mich mit dem Notizbuch an den Hang hinter der Hütte gesetzt. Es ist warm in der Sonne, der Wind kühlt aus. Subarktisches Tagebuch. Selbstgespräch, immer Monolog, immer die Hoffnung, darin einen anderen zu finden als den, der ich sein muss. Sein oder Nichtsein, das ist hier die Frage. Ich muss lächeln, als ich das niederschreibe. Weil sich alles so fügt. Manchmal fügt sich alles von selbst, man sitzt nur und wartet in einem Leben so groß wie die Welt. Schlafen, träumen, nichts weiter. Wenn wir die tödliche Verstrickung endlich abgeschüttelt haben. Grenzgänger sind wir dann. Markwanderer. *Von des Gemark kein Wanderer wiederkehrt.*

Papa, warum weinst du?, würde das Kind fragen. Es drückte sich an mich, suchte nach meiner Hand, ich striche ihm über die Haare und spürte die Wärme seines kleinen Kopfes. Ja, dächte ich: Warum weinst du?

Unschuld ist ein verneinter Begriff. Zuerst muss einer wissen, was Schuld ist. Das ist der tiefere Sinn der Sündenfallgeschichte: Wenn einer also weiß, was Unschuld ist, hat er sie bereits verloren. Wissen heißt Schuldigwerden. Mit dem Wissen ums Dasein ist die Schuld gegeben. Das nennt man einen Indizienbeweis.

Alles bloß Zitat.

Die Schuld eines nicht gelebten Lebens.

5. Kapitel
Nordkap

Aufbruch. Wir lassen viel zurück: Träume, Gespräche, Enthüllungen. Das Zusammenrücken in der kleinen Hütte. Die Ruhe, die Zufriedenheit. Es fällt mir anfangs schwer, auf die beladene Maschine zu steigen, das Visier zu schließen und den Startknopf zu drücken. Es fällt mir schwer einzusehen, dass heute Abend nicht diese Hütte auf uns warten wird. Der Aufenthalt hat gut getan, aber er hat auch meine Einstellung verändert. Nun, da ich nicht mehr weit von meinem Ziel entfernt bin, frage ich mich, wie ich den Rest erledigen soll. Die Illusion einer Nordlandfahrt schwindet. Ich sollte mich dem stellen, was mich hierhergeführt hat, aber es ist bloß ein Vorsatz. Er hat kaum Wirklichkeit. Nichts hat Wirklichkeit außer das Aufbrechen und Losfahren. Auf der Maschine sitzend, während Myriel wartet, kommen mir auch keine tiefsinnigen Gedanken mehr. Es geht einfach los.

An der Fähre in Kåfjord um zehn nach zwei. Häuser liegen am Wasserarm verstreut, darum herum nur Gras, Meer und Wind. Ein paar Möwen. Im Hinterland Moor. Wo Menschen überall siedeln, denke ich. Was muss das für ein Leben sein hier am Wasser, an diesem menschenleeren Meeresarm? Wir sind wenige, die übersetzen, und die Fähre ist klein. Die See ist kabbelig, zum ersten Mal habe ich das Gefühl, auf dem Nordmeer zu fahren.

Honningsvåg ist ein kleiner Hafen an der Inselspitze. Wir gehen an Land und fahren durch die engen Sträßchen aufs Hochplateau hinauf. Dort ist die Straße eine echte Kapstraße: Der Wind weht stürmisch aus West, wir müssen in ständiger Schräglage fahren und uns gegen den Wind lehnen. Myriel bleibt zurück, sie fährt langsamer. So sind wir weit auseinandergezogen auf der Straße unterwegs, die durch kahles Land führt. Manchmal öffne ich das Visier, um den Wind zu spüren. Dann braust der Lärm auf mich ein.

Die Einöde ist grandios. Eine leere Wildnis, in der es nichts gibt als Wind, Steine und Moos. Das Fjell ist eine winkellose Landschaft: Nirgends könnte man sich verstecken, nirgends Schutz suchen. Das Kleinwüchsige hat meine Zuneigung. Die See ist schaumgezähnt und schiefergrün, die Möwen leiern ihr endloses Lied. Wir fahren ans Ende der Welt.

Wir sind da: Nordkap.

Am 23. Juli um 14:43 Uhr, 4243 Fahrtkilometer liegen hinter uns.

Das Nordkap trägt seinen Namen zurecht. Ich kenne die Berichte von Besuchern, die mit dem Auto bei Sonnenschein hierherkamen. Unsere Ankunft ist angemessener: Der Wind stürmt, Nebelschwaden ziehen, Salzgischt liegt in der Luft. Die einzige Straße über die kahlen Höhen, und plötzlich taucht ganz vorn, in der Helle des Abgrunds, eine scharfe Linie auf, Autos parken, eine Kuppel wölbt sich, neben uns der jähe Absturz und das schäumende Meer.

Wir sind da.

Ich habe Tränen in den Augen.

Erst jetzt merke ich, dass es nicht nur ein Fahrtziel war oder ein Vorwand für diese Reise. Ich habe vergessen, wie dieser Ort mich einnimmt, welche Erhabenheit er bereithält. Das ist das endgültige Ende des Landes. Jenseits nur noch das Eismeer. Wir haben den Umkehrpunkt erreicht und die Grenze. Dort, am letzten Punkt, drängen sich die Menschen in der Wärme und im Schutz der Gebäude zusammen.

Der Sturm ist gefährlich. Die Motorradfahrer parken im Windschatten einer Hütte, damit er die

Maschinen nicht umwirft. Wir schauen zu, wie ein Paar gegen den Wind ein Zelt aufschlagen will. Der Sturm reißt die Planen weg, drückt das Aluminiumgestänge platt, es ist aussichtslos. Wir versuchen es gar nicht erst.

Der Eintritt in das Gelände kostet umgerechnet eine Tankfüllung. War das damals auch schon? Der Nepp verdirbt mir ein wenig die Stimmung. Andererseits hat ein Land, das solche Einöde besitzt, das Recht, sein Geschäft mit der menschlichen Wärme zu machen.

Im Innern der Halle, die von außen größer aussieht, erwartet uns eine Geschäftstüchtigkeit, die trotz allem Aufwand provinziell wirkt. Da gibt es das Kompass-Restaurant, das an die Lounge einer Passagierfähre erinnert, ein Museum in einem Tunnel mit künstlichen Landschaften und ausgestopften Puppen, das die wichtigsten Kapitel der Entdeckungsgeschichte vorstellt und wie eine Mischung aus Märchenpark und Nachttierhaus wirkt. Ein Souvenirladen und eine Poststelle, an der man sich eine Karte mit dem hiesigen Stempel holen kann: 9764 Nordkapp. Eine Champagnerbar, ein Royal North Cape Club mit Ledersesseln, in denen niemand sitzt, ein Panoramafenster auf das Kap hinaus, in dem man heute nichts als grauen Nebel zu sehen bekommt. Der König von Siam hat das Nordkap besucht, darum wird viel Aufhebens gemacht. Und ein Diplom kann man sich ausstellen lassen, als wäre es tatsächlich eine Leistung, hierher zu gelangen. Früher, als hier nur eine Sandstraße herführte und das Plateau völlig kahl war, mag das so gewesen sein. Aber heute gilt auch für uns, dass wir nur Straßenkilometer gefressen haben.

Ich weiß nicht, weshalb ich so streng bin mit mir. Der offensichtliche Nepp und die biedere Kommerzialisierung dieses Ortes enttäuschen mich. So habe ich das nicht in Erinnerung. Ich kann mich hier trotz menschlicher Wärme nicht wohlfühlen. Ich wollte draußen sein, am eisernen Globus, und hinabschauen in den Absturz dreihundert Meter in die Tiefe. Ich wollte, es wäre nicht so ein Sturm und wir könnten bleiben, um die Mitternachtssonne zu sehen, wie sie das Eismeer berührt. Das einzige Zugeständnis ist ein Aufkleber, den ich mir kaufe. Dass ich so weit im Norden gewesen bin: auf 71 Grad, 10 Minuten und 21 Sekunden.

Am Bankschalter wechselt Myriel Geld, sie hat keine Kronen mehr. Sie versucht, zuhause ihre Mutter zu erreichen, es nimmt aber niemand ab. Sie schreibt Karten an Freunde und Bekannte. Für sie ist es der Höhepunkt der Fahrt, und zum ersten Mal begreife ich es wirklich, dass wir auf zwei verschiedenen Fahrten sind. Ich habe niemandem eine Karte zu schreiben. Ich habe nur den Monolog meines Notizbuchs, der mir schon schal schmeckt.

Draußen haben wir gestanden und einen Blick übers Geländer gewagt, einen Blick die Felsen hinunter. Wir haben Fotos geschossen, wie wir abwechselnd am Globus stehen und der Wind an der Kleidung reißt. Wir sind dort gewesen. Nun geht es weiter.

Myriel muss wissen, dass sich nun wieder die Frage stellt, ob sie weiterhin mit mir reisen will. Ich bin angekommen und sollte tun, weswegen ich hier bin. Aber dazu brauche ich das Alleinsein. Dass das Wetter so schlecht ist, macht mir einen Strich durch die Rechnung. Auf der Herfahrt habe ich eigens nicht darauf geachtet, wo wir damals unseren Lagerplatz hatten. Ich müsste die ganze Strecke am Porsangen in Ruhe abfahren, mir viele Stellen genauer ansehen, um das herauszufinden. Und ich bin mir nicht einmal sicher, ob ich die Stelle wiederfinde. Aber es sind die Geschehnisse von damals, die ich wiederfinden muss. Es hängt nicht an Zeit und Ort, es sind die Erinnerungen, die ich suche. Ich will das alles noch einmal passieren lassen, bevor ich den Schritt tue. Ich erhoffe mir keine Aufklärung, die nicht in all den Jahren zuvor hätte möglich sein müssen und es nicht war. Ich will nur die Geschichte zu Ende bringen.

Im Super-Videograph zeigen sie auf Breitwand einen Film über die Finnmark. Wir sitzen nebeneinander im Dunkeln wie im Kino, ich rieche ihr Parfüm, höre ihren Regenanzug rascheln, wenn sie sich bewegt. Die Menschen hier verehren den Norden. Sie lieben ihn. Sie sind verwurzelt in ihm. Was muss das für ein Leben sein, das in solch einer Einsamkeit und Größe wurzelt? Man sieht Rentierherden über die Hänge gleiten, die Tundra blüht, das Hahnenröschen zittert im Wind, die Eisfüchse werfen und ziehen ihren Nachwuchs groß, die Mitternachtssonne geht nicht unter und beschert den kurzen arktischen Sommer. Sie verehren das Leben, denke ich. Es ist hier oben, am Ende der Welt, wie eine Sage aus weit entfernten warmen Gefilden. Sie verehren das bloße Dasein. Es ist etwas Erhabenes, Unberührbares. Es hält aus, wo kein Mensch mehr aushalten kann. Das pure Sein. Dort erst ist Schönheit. Reines Anschauen. Die lautere Anmut von Schnee, Eis und

Fels. Sie verehren Gott, ohne dass sie es wissen. Aber ich habe es begriffen: Je mehr wir an der Grenze stehen, desto näher kommt uns Gott. An der Grenze wird er sichtbar, an der Grenze können wir ihn verehren. Ich tue es, auch wenn ich nicht glauben kann wie andere.

Gott ist Einsamkeit.

Unsere Einsamkeit. Seine Einsamkeit.

Die ganze Welt ist eine Insel im Meer seiner Größe.

Abfahrt um halb zehn. Ankunft in Honningsvåg kurz vor zehn Uhr, die nächste Fähre geht in fünf Minuten.

Wir reden nicht viel. Ich habe keine Lust, Myriel auf die Frage der Weiterfahrt anzusprechen, und sie tut es auch nicht. Vielleicht weiß sie, worum es mir geht. Vielleicht hat sie doch etwas gefunden, als sie im Notizbuch herumblätterte. Vielleicht will sie mich nicht allein lassen und denkt, dass sie so den letzten Schritt verhindern kann. Vielleicht ist sie ja auch tatsächlich so naiv und unbesonnen, wie sie manchmal tut, und denkt nur an die schöne Reise, die sie haben kann. Vielleicht hat sie sich schon längst entschlossen, den Weg nach Luleå einzuschlagen, und weiß nicht, wie sie es mir beibringen soll.

Irgendwo hinter Repvåg, halb elf.

Ich bin allein.

Wir haben nicht miteinander gesprochen. Merkwürdig, dass es so einfach sein kann auseinanderzugehen. Ich habe irgendwann angefangen, langsamer zu fahren und mir die Gegend genauer anzusehen. Myriel hält und fragt, was los ist.

„Ich suche etwas“, sage ich, „und dafür muss ich allein sein.“

Myriel nickt nur. „Das habe ich mir gedacht“, sagt sie. „Vielleicht treffen wir uns irgendwo wieder.“

Dann fährt sie weiter, und ich bleibe zurück am Straßenrand. Schaue ihr nach, wie sie kleiner wird auf der leeren Straße.

Sie fehlt mir, jetzt, da ich allein bin. Im Tankrucksack habe ich den Zinntroll gefunden, ich halte das Figürchen in der Hand und streiche mit dem Finger zärtlich über seine lange Nase. Ich habe es noch gar nicht begriffen: dass ich am Ziel bin. Ich denke nicht an mein Vorhaben und daran, dass jetzt die Zeit ist, da alles gelingen muss oder scheitern. Ich tauche ein in das Alleinsein, in die einsame Landschaft wie in einen stillen Teich, allmählich und ohne Wellen zu schlagen. Nur stumme Ringe sehe ich um mich sich weiten. Die Gedanken werden ruhig.

Bisher habe ich den Lagerplatz von damals nicht wiedergefunden. Es muss ein Steilabsturz sein und nicht allzu weit von der Straße entfernt. Aber ich kenne die Landschaft nicht wieder. Die Bilder in meinem Kopf, so zusammenhangslos sie auch sind, sind durchaus klar. Danach hätte ich einfach mit der Fähre anzukommen brauchen, ein paar Kilometer zu fahren, und schon wären die Anhöhe, der Sandweg, der Lagerplatz aufgetaucht. Aber so ist es nicht. Ich finde nichts wieder. Ich finde nur die See, die treibenden Wolken, das lavendelfarbene Licht weit draußen. Die Stille, wenn ich anhalte und den Motor abstelle. Nebel und Wind vom Kap sind verschwunden. Ich bin allein mit dem schweigenden Norden.

Ich habe mein Zelt aufgestellt neben der Straße, in einer Mulde auf Krähenbeerensträuchern. Die Möwen schreien. Sie nisten in den Felsen. Im Gesträuch liegen aufgebrochene Seeigelschalen. Die Möwen tragen sie hierher und lassen sie auf die Steine fallen, damit sie aufbrechen. Unten am Kieselstrand liegt Tang, das aufgewühlte Meer hat ihn abgeladen. So ruhelos sind die Gedanken der Gottlosen, fällt mir ein. Ich bin nicht gottlos. Ich bin nur ein kleiner Mensch am Gestade der Zeit.

Das Zelt allein aufzustellen ist nicht so schwierig, wie ich erwartet habe. Ich stecke einfach die

Aluminiumstangen, die sonst Myriel gehalten hat, in die Erde und wölbe dann von der anderen Seite her das Zelt auf. Es ist ein gutes Gefühl, auf solche Weise seine Unterkunft in die Landschaft zu stellen und künftig Zuflucht zu finden.

Die Fahrt am Porsangen entlang hat mich friedvoll gemacht, so friedvoll wie bisher nicht auf der ganzen Fahrt. Karge Hänge, schroffe Schluchten, die Berge treiben wie Inseln im Meer, fern ein blaues Gestade wie ein verlorenes Arkadien. So habe ich den Porsangen nicht in Erinnerung. Es ist, als hätte ich tatsächlich hierherkommen müssen. Als gäbe es hier etwas abzuholen, etwas auszutragen, ein Hiobgespräch mit der übermächtigen Vergangenheit. Ein zäher Kampf, der geführt werden muss. Es wird nicht dunkel hier. Es wird keine Nacht mehr kommen in meinem Leben. Ich bin im Licht, ausgesetzt und allein wie nie.

Ich mache mir kein warmes Essen. Nur heißer Tee und etwas Schokolade. Ich sitze im Zelt und denke vor mich hin. Schreibe. Allmählich kommen mir Zweifel, ob ich mich richtig erinnere. Aber es erscheint mir undenkbar, dass alles geschehen sein soll vor der Fähre, auf der Nordkapinsel. Ich bin mir sicher, dass wir auf der Fähre noch zu dritt waren. Am Porsangen haben wir uns ja wiedergetroffen, auf der Hinfahrt zum Nordkap. Durch einen Zufall, aber es gibt keine Zufälle. Ich weiß, dass Vera und Jan miteinander geschlafen haben in dieser einen Nacht. Vielleicht bin ich bereit, darüber hinwegzusehen. Aber Vera will weiterhin mit Jan fahren. Obwohl es nicht regnet. Sie sehen einander in die Augen auf eine Art, die mich ausschließt. Jan sucht den Übernachtungsplatz aus. Soll er. Ich mische mich nicht mehr ein. Wir schlagen die beiden Zelte auf, an der Klippe. Vera schläft in Jans Zelt, das ist klar. Nachts stehe ich draußen im Zwielicht, Nebel herrscht. Jan kommt hinzu. Wir beide allein, das ist kein Zufall. Aber Erinnerungen können täuschen. Mit den Jahren haben sich die Bilder vielleicht übereinander geschoben, sich ausgetauscht, eine neue Geschichte ergeben. Ich weiß nicht, ob ich weitersuchen soll. Ich könnte es ebensogut gleich hier tun. Aber es ist noch ein Rest übrig, das spüre ich. Noch ist das Ende nicht gekommen. Etwas muss vorher erledigt werden.

In der hellen Mitternacht trottet ein Rentier übers Gestein. Ich sehe es durch das Zeltfenster, öffne vorsichtig den Reißverschluss. Es nimmt mich nicht wahr, eine kleine Gestalt in der großen Landschaft. Es klettert die Böschung hinab und überquert die Straße. Für einen Augenblick habe ich das Gefühl, nicht mehr allein zu sein. Ich und dieses Geschöpf. Wir beide in der hellen Nacht. Ich krieche aus dem Zelt und schaue ihm nach. Ich sehe es hinter den Hügeln verschwinden.

Ich habe den Revolver herausgeholt und ihn neben mich gelegt. Beim Schreiben sehe ich ihn aus dem Augenwinkel. Es ist eine lächerliche Geste, eine Handlung ohne Folgen. Ich werde ihn noch nicht benutzen, er liegt nur da wie eine Rechtfertigung für die ganze Fahrt. Eine Rechtfertigung dafür, dass ich jetzt hier bin. Manchmal nehme ich ihn, halte ihn in der Hand, drehe die Trommel. Er ist nicht geladen, die drei Patronen liegen eingewickelt im Wachstuch. Ich drücke den Abzug durch und höre das Klicken des Hammers. Noch einmal. Das alles besagt nichts, es ist eine vollkommen mechanische Verrichtung. Das hätte ich nicht gedacht. Vor solchen symbolischen Taten hatte ich immer Angst, die Angst, dass dadurch etwas heraufbeschworen werde, dass dadurch die letzte Konsequenz nicht mehr aufzuhalten sei. Jetzt merke ich, dass vor der Tat der völlige Entschluss stehen muss. Es geschieht nichts aus versehentlicher Konsequenz. Es muss alles Stück für Stück mühsam errungen werden. Ich habe nur die

Angst, dass es so auch sein wird, wenn ich tatsächlich abdrücke, mit der Patrone in der Kammer. Dass es eine vollkommen leere Tat sein wird, wenn ich es tue, dass es aber mein Leben kosten wird. So habe ich mir das nicht vorgestellt. Aber vielleicht habe ich mir gar nichts vorgestellt, habe mich stattdessen belogen.

Ich koche noch eine Kanne Tee. Die Nacht schreitet voran, aber die Zeit vergeht nicht. Die unveränderliche Helle und Stille sind wie ein Traum. Ich komme mir abhanden, weiß nicht mehr, wer ich bin und was ich hier soll. Ich versuche, an Vera und Jan zu denken und daran, was damals geschehen ist. Aber ich bin müde geworden. Es stellen sich keine Bilder mehr ein, nur dürre Tatsachen, mit denen ich nichts anzufangen weiß. So kann ich die Geschichte nicht zu Ende bringen.

Irgendwann krieche ich in den Schlafsack, weil es zu kalt wird. Dort schreibe ich weiter, liege in der eigenen Wärme, döse ein. Ich weiß nicht, wie spät es ist. Die Helle geht unbemerkt in den Tag über. Ich muss ein paar Stunden geschlafen haben. Aber es ist, als wäre ein Traumgespräch im Gange, ein unaufhörliches Zwiegespräch, das jenseits von Schlaf und Wachsein stattfindet. Jemand spricht mit mir. Das muss ich selbst sein. Ich selbst aus einer anderen Wirklichkeit. Mir weit voraus, in einer Zeit, die fröhlich strömt wie die Flüsse im Süden. Eine Zeit, wenn alles vorbei sein wird. Dort bin ich, in diesem blauen Licht über dem Fjord, dort draußen am Abgrund, woher das Licht kommt. Ich bin mir voraus in einem anderen Leben. Und wie überzeugend ist dieses Bild, wie heiter es mir die Hoffnung zuspricht, die ich nicht haben darf! Ich kann mich nicht dazu durchringen, dem Bild zu glauben. Gott zu glauben, wenn er es ist, der zu mir spricht. Ich nehme es nur auf wie einen verspätet angekommenen Gast. Zu spät vielleicht. Und wie im Traum antworte ich. Nicht mit Worten. Nicht mit Gefühlen. Mit einem tiefen Ernst in mir, von dem ich nichts wusste. Gott spricht mit mir jenseits aller Sprache. Das hat mir niemand gesagt. Ich antworte mit meinem ganzen Sein …

Viertel vor elf. Ich habe zusammengepackt. Weil ich das Zelt ohne Plane aufgestellt habe, hat der Zeltboden ein Loch von einem Stein.

Ich bin müde, aber wach. Jetzt kann ich die Strecke in Ruhe abfahren, den Ort suchen und ihn finden oder nicht. Inzwischen rechne ich längst damit: Ich werde keine Aufklärung finden.

Ich sehe nur immer wieder den einen Moment vor mir, wie Jan ins Wanken kommt. Wie wir draußen stehen am Rand der Klippe und uns streiten. Wie er über den Rand verschwindet, abgeschnitten wie in einem Film. Ich schaue zu wie von weit her, ich kann die Worte nicht hören, die gesprochen werden, ich kann die Gesten, die Berührungen nicht unterscheiden, ich kann den einen entscheidenden Augenblick, als Jan ins Wanken kommt, nicht ausmachen. Habe ich ihn gestoßen? Habe ich die ganze Fahrt über auf diesen einen Augenblick gewartet? Oder ist er gestolpert? Wollte ich ihn halten und habe ihn stattdessen aus dem Gleichgewicht gebracht? Ich sehe alles, wie ich es immer gesehen habe, nur nüchterner, aus weiter Entfernung. Allein dass es diesen Augenblick gab, ist Schuld. Aber wessen? Ich habe mich getäuscht. Es gibt keine Erlösung aus der Vergangenheit. Nur die Zukunft kann eine neue Geschichte bringen, ein neues Leben. Die Vergangenheit muss sich ablösen lassen wie eine alte Haut. Die Geschichte muss erzählt und dann abgeschlossen werden. Jetzt weiß ich, dass es das ist, was Vergebung meint.

Die Maschine ist beladen. Ich sitze auf und fahre auf die Straße zurück, stehe dort und schreibe die letzten Zeilen. Die ersten Autos sind wieder unterwegs. Es ist jetzt eins.

Nordmanset. Ein Weiler. Ich bin die ganze Strecke bis nach Olderfjord, wo die Straße wieder in die E 6 mündet, entlanggefahren. Und wieder zurück. Jetzt liegen zwei Drittel der Strecke nach Kåfjord noch vor mir, aber ich sehe keine Möglichkeit mehr, den Platz zu finden. Es sieht alles gleich aus, es könnte jeder beliebige Felsen gewesen sein. Manchmal fahre ich ein Stück von der Straße weg, steige ab, gehe die Schritte in die Tundra, stehe an einer Klippe und schaue hinunter. Doch auch aus der Nähe sagt mir die Stelle gar nichts. Damit habe ich nicht gerechnet. Beunruhigend, dass die Geschichte in der Erinnerung klar und eindeutig bereit liegt und dass man hinfährt und nichts wiederfindet. Das weckt Zweifel, ob wirklich alles so war. Vielleicht täusche ich mich in noch wesentlicheren Dingen als dem Ort. Eine Unsicherheit gegenüber der Geschichte: Man hat sie tatsächlich erzählt, vielleicht sogar erfunden. Sich zusammengereimt aus den paar Brocken Erinnerung, die geblieben sind. Nichts und niemandem kann man trauen. Nicht einmal sich selbst: dass man der war, der man war.

Ich weiß nicht, was ich tun soll. Seit dem Nordkap habe ich kein Ziel mehr, ich bin allein, ich kann die Geschichte nicht zu Ende bringen. Am liebsten würde ich die Fahrt fortsetzen, weiter nach Kirkenes, nach Finnland hinüber und zum Inarisee, das Gepäck abpacken, mein Zelt aufschlagen, Essen kochen, einfach unterwegs sein. Aber es gibt für mich kein Weiterfahren. Hier bin ich, und hier muss es zu Ende gehen. Irgendwann kommt der entscheidende Augenblick. Irgendwann muss ich den Revolver in die Hand nehmen, ihn laden, abdrücken. Das ist unvorstellbar.

Irgendwo zwischen Nordmanset und Repvåg. Ein Sandweg weitab zu einer Klippe. Die Straße ist fern. Niemand sieht mich. Ich bin unauffindbar. Ich sitze auf einem Stein im Windschatten meiner Maschine und schaue auf den Fjord hinunter. Rauche. Habe beschlossen, diesen Ort als den zu erwählen, an dem es geschah. Symbolisch sozusagen, ich weiß nicht, ob das funktioniert. Es ist ein neuer Ort, einer aus der Gegenwart, und diese Gegenwart ist so leer, dass sie mich ansaugt wie ein Vakuum.

Ich denke die Sache mit Jan noch einmal durch. Der Nebel damals ist so dicht, dass keiner von uns den Klippenrand sehen kann. Wenn dem aber so ist, dann kann ich ihn auch nicht als Gestalt unten im Meer verschwinden sehen. Vielleicht habe ich mir das später ausgemalt, und die Erinnerung wurde verfälscht. Ich habe nichts anderes als diese Bilder im Kopf. Das führt nirgends hin.

Worüber haben wir gestritten? Ich weiß nur noch, dass er mir gesteht, mit Vera geschlafen zu haben. Vera weiß später nicht, dass Jan mir das gesagt hat. Ich erzähle es ihr nicht, sondern überrede Vera dazu, den Absturz nicht bei der Polizei zu melden. Jetzt willst du sogar an seinem Tod schuld sein, sagt sie mir ins Gesicht, voller Hass, weil sie nichts mehr mit mir zu tun haben will. An allem willst du schuld sein, sagt sie. Ich nehme ihren Hass gleichmütig auf. Es kommt jetzt nur darauf an, das tragische Geschehnis zu vergessen, dafür zu sorgen, dass es keine Konsequenzen hat. Ob jemand Jans Maschine und das Zelt entdecken wird oder nicht, ob seine Leiche irgendwann gefunden werden wird, das geht uns nichts mehr an.

Es ist seltsam, das alles so aufzuschreiben. Habe ich noch nie getan. Es niemandem je erzählt. Immer wieder bin ich die Geschichte in Gedanken durchgegangen, jahrelang, habe sie mir zurechtgelegt und Lücken geschlossen. Aber jetzt, hier am Porsangen, wo ich ziellos umherirre, wo ich der Leere ausgesetzt bin, jetzt ist das alles unantastbar geworden. Jetzt verurteilt sie mich, kalt und gleichgültig. Sie ist tot, wie ich tot bin.

Ich hole den Revolver heraus und lade ihn. Mehr als vier Patronen hatte Kurt nicht mehr, als er mir das Ding verkaufte. Ein alter Polizeirevolver, ein antikes Ding fast, bei dem man froh sein muss, wenn es funktioniert. Aber ich habe es ausprobiert, mit einer Patrone. Ich stecke die runden Metallgeschosse in die Kammern, schließe die Trommel, spanne den Hahn. Jetzt würde es laut knallen, wenn ich abdrücken würde. Sogar kommt mir der abstruse Gedanke, Russisch Roulette zu spielen und die Patronen mit dem Abstand einer Kammer zu laden. Dann hätte ich eine Chance von fünfzig zu fünfzig. Ein Gottesurteil. Ich muss lachen bei dem Gedanken.

Ich merke, dass der Revolver tödlich geworden ist auf nüchterne Weise. Ich fürchtete, er würde mich provozieren und Mut erfordern. Aber so ist es nicht. Der Revolver ist nur ein Gerät, ein Handwerkszeug, das im Gepäck verstaut war und das ich nun seinem Zweck zuführen kann.

Gerade, als ich ihn in der Hand halte, unfähig, ihn mir in den Mund zu stecken, höre ich einen dumpfen Schlag. Meine Maschine ist umgestürzt. Unwillkürlich springe ich auf und will sie wieder aufrichten. Der Revolver ist im Weg, ich werfe ihn weg. Sie ist fast zu schwer, mit dem ganzen Gepäck. Ich stemme mich dagegen und schaffe es. Will probieren, ob sie noch anspringt. Ich drücke den Startknopf, nichts rührt sich. Dann entdecke ich es: Der Zündnotschalter ist wieder abgebrochen. Mit fliegenden Fingern nehme ich ihn auseinander. Die Feder fehlt. Sie muss beim Abbrechen auf den Boden gefallen sein. Ich halte den Schalter und die Kontaktscheiben in der Hand und suche herum. Wo genau ist die Maschine hingefallen? Ich stiere auf dem Sandboden herum, durchkämme das Moos, taste zwischen den Steinen herum. Der Wind, denke ich, vielleicht hat sie der Wind weggeweht. Ich weiß nicht, wie lange ich so herumirre und suche. Ich heule wie ein Schlosshund. Der Rotz läuft mir in den Bart. Ich will nur noch diese verdammte Feder finden! Ich will nur noch den Notschalter einbauen! Ich will nur, dass meine Maschine wieder anspringt! Dass ich nicht hier sitze abgeschnitten von der Welt und nicht weg kann. Das könnte mir alles egal sein, ich könnte in aller Ruhe sitzen und mein Leben beenden. Warum mache ich es nicht? Ich bin wie irr vor Angst. Ich will nur noch hier weg. Ich will nur noch diese Feder finden. Ich weiß nicht, wie lange ich herumgesucht habe. Ich weiß nur noch, dass ich mich ins Moos gekrallt habe, dass ich gebettelt habe auf Knien, dass ich die Feder finde. Und dann, auf einmal, finde ich sie tatsächlich. Ich versuche, mich zu beruhigen. Ich fummle die Feder und die Kontaktscheiben wieder an ihren Platz, drücke den Schalter darauf, klebe ihn wieder fest. Woher ich die Umsicht für die Reparatur nehme, weiß ich nicht. Meine Hände zittern, aber ich schaffe es. Ich schaffe es! Ich bleibe hier nicht rettungslos liegen, meilenweit von der Straße entfernt. Zwanzig Minuten halte ich den Daumen drauf, flenne weiter, versuche mich zu beruhigen. Ich kann wieder hier weg, denke ich. Ich kann hier weg. Dann nehme ich den Daumen vorsichtig herunter, rüttle ein bisschen an dem Schalter. Er hält! Ich probiere, die Maschine zu starten. Sie springt an! Ich drehe am Gasgriff, lasse sie aufheulen. Sie läuft. Ich kann jederzeit aufsitzen und wegfahren. Ich wische mir die Tränen und den Rotz aus dem Gesicht. Was ist denn los mit dir?, frage ich mich. Warum bringt dich das so aus der Fassung? Gerade noch willst du dich erschießen, und im nächsten Augenblick krauchst du auf dem Boden herum und suchst eine lächerliche Feder. Als ich den Revolver liegen sehe und ihn aufhebe, wird es mir klar.

Ich will leben.

Ich habe mich wieder beruhigt. Sitze an meiner Maschine, schaue dem Meer zu, den Wolken, dem Licht, wie es wechselt. Ich höre die Möwen schreien und die Brandung rauschen. Ich sitze und weiß nichts mehr zu denken. Mein Vorhaben hat sich erledigt, ohne dass ich sagen könnte weshalb.

Ich sitze und es ist stumm in mir. Mein Leben ist noch nicht vorbei, das spüre ich jetzt deutlich. Ich halte das Ding in Händen, den Finger spielerisch am Abzug, aber was mich daran hindert abzudrücken ist, dass es ein bloßer Gedanke ist. Wie wenn man seiner Hand einen Befehl gibt und weiß, dass mehr, viel mehr dazu gehört, wenn sie es wirklich tun soll. Nichts hindert mich an der Tat als die Unmöglichkeit ihrer Ausführung.

Ich will leben. Wie es von hier aus weitergehen soll, weiß ich nicht. Kurz kommt mir der Gedanke, dass es Gottes Wille ist. Ich spüre nichts dergleichen. Ich habe keine Theophanie und keine Erleuchtung oder auch nur die Gewissheit, dass mir jemand zuhört. Wenn es Gott ist, dann weiß er alles, aus seiner unendlichen Entfernung, und dann ist er mir so nahe, dass ich es gar nicht fühlen kann. Also ist es gleichgültig.

Es mag sein, dass in der ganzen Fahrt eine höhere Macht gewirkt hat. Ich kann das verstehen, weil ich nichts anderes habe als diese leere Gegenwart.

Eine Klarheit, die ich selten erlebt habe. Ich bin froh, hierhergekommen zu sein. Es ist der entscheidende Ort meines Lebens. Beim Gedanken an Aufbruch, ans Weiterfahren, spüre ich einen Schmerz, ich müsste mich von hier losreißen, ich habe hier, so kurz der Aufenthalt war, Wurzeln geschlagen. Ich habe diese Stunden hier liebgewonnen. Ich habe mich liebgewonnen. Ich will bleiben. Für immer.

Nun kann ich weiterfahren. Die Geschichte ist zu Ende. Irgendwie hat sie sich abgeschlossen und ist nun Vergangenheit, eine Vergangenheit, zu der ich stehen kann. Ich könnte sagen: Ja, so war's, mehr weiß ich nicht. Vielleicht bin ich unschuldig, aber wenn nicht, dann ist es eine geklärte Schuld, eine, die endlich vergeben werden kann. Die ganze Not, der Hass, die Verzweiflung, das Leid all der Menschen, die an ihr beteiligt sind. Vergebung braucht das Bekenntnis. Vergebung braucht die Geschichte. Glaube ich, dass mir vergeben worden ist? Vielleicht hat Gott mir vergeben und ist damit der Herr über meine Schuld, über mein Leben. Das kenne ich ja: die endgültige Tilgung durch den Tod, den der Eine am Kreuz starb. Ist das damit gemeint? Fühlt sich das so an? Nehme ich es nun eigens an, als Antwort auf meine persönliche Not?

Oder ist das alles nur theologische Systematik? Die Geschichte ist von mir abgefallen, ein schwerer, aber kleiner Stein, handgroß, tiefschwarz, verdichtet bis zur Unerträglichkeit. Da liegt er und kann aufgenommen werden. Ich betrachte ihn, nehme ihn mit. Kann ihn jederzeit herausholen und vorzeigen. Ich kann ihn lesen wie der Geologe die Gesteine. Er trägt die Erinnerung an diesen Ort und seine Augenblicke.

Ja, nun kann ich weiterfahren.

6. Kapitel
Friedvolle Wasser

In Lakselv kaufe ich ein. Ich weiß nicht wozu. Ich tue einfach, was mir einfällt. Das Gefühl, als wäre alles von mir gewichen, als bliebe nichts zurück als ein leichtmütiges, unbekümmertes Gehen und Tun. Ledig fühle ich mich. Ledig aller Vergangenheit, aller großen Ziele, aller Bedeutungen und Verpflichtungen. Ich kann gehen, wohin ich will. Ich genieße es, zwischen den Regalen umherzuschlendern, den Kühlschrankgeruch des Ladens, das Zugreifen und in der Hand Halten. Die bunten Packungen. Dosengerichte kaufe ich ein, weil mittlerweile alle geplanten warmen Essen aufgebraucht sind. Myriel hatte noch ein paar in ihrem Tankrucksack. Tütensuppen und frische Milch, Brot, Obst. Sogar Süßigkeiten. Ich muss lachen und schüttle den Kopf. Was bin ich nur für einer: Vor wenigen Stunden saß ich mit dem Revolver in der Hand da, und jetzt kaufe ich Gummibärchen.

Draußen am Motorrad sehe ich die unschuldigen Dinger auf meiner Handfläche liegen, rot, gelb, grün, und fange fast wieder an zu flennen. Vor Schreck, vor Erleichterung: Ich bin gerade noch einmal davongekommen.

An einer Tankstelle. Jetzt habe ich den Tank gefüllt, egal was kommen mag.

Während ich noch schreibe, tuckert eine zweite Maschine heran. Das Motorengeräusch kommt mir bekannt vor. Erst als sie neben mir hält, erkenne ich sie. Es ist tatsächlich Myriel. Wir umarmen uns, ich drücke sie fest und muss fast schon wieder heulen. Ich bin so froh, sie zu sehen.

Sie erzählt, dass sie eine Panne gehabt hat, kurz vor Lakselv auf der Straße nach Karasjok. In einen Nagel gefahren, der hintere Reifen durchlöchert. Ein schwedischer Motorradfahrer hat ihr geholfen, das Hinterrad auszubauen, und hat sie mitgenommen nach Lakselv. Es hat eine Weile gedauert, bis sie einen Reifenhändler gefunden hat, und der Wiedereinbau ging auch nicht reibungslos. Jetzt ist sie hier.

Wir reden miteinander, als wären wir nicht getrennt gewesen.

„Ich will gerne mit dir weiterfahren“, sagt sie geradeheraus. „Für Luleå ist es noch zu früh, und schließlich hast du das Zelt.“

Ich muss lachen.

Das Fahren mit Myriel tut gut, und trotzdem weiß ich nicht, was nun anders ist. Vieles könnte anders sein oder vielleicht gar nichts. Ich will leben, ja – aber wie? Myriel hat nicht gefragt, was ich getan habe in der Zwischenzeit, und ich habe nicht gefragt, wo sie übernachtet hat und weshalb sie nur bis Lakselv gekommen ist.

Halb zehn. Es fängt zu regnen an. Wir wollen uns an dem Fluss, der Tana heißt, einen Nachtplatz suchen.

Zu zweit ist das Zelt schnell aufgebaut. Im Niesel beeilen wir uns, das Gepäck abzuladen. Dann machen wir den Reißverschluss zu und wollen von nichts mehr etwas wissen. Von Kirkenes aus wollen wir geradenwegs zum Inarisee.

Es ist jetzt elf. Ich höre das Knistern des Regens auf der Zelthaut. Ab und zu verirrt sich eine Mücke herein, bleibt aber hinter dem Mückennetz gefangen.

Myriel hat die Kopfhörer auf und hört Musik. Ich höre sie leise mitsummen. Es ist, als wäre nie etwas gewesen. Fast bin ich enttäuscht. Ich bin am Ende der Welt gewesen, am Ende meines Lebens oder Gott weiß wo, und für Myriel geht die Fahrt ohne Unterbrechung weiter. Irgendwann müssen wir reden, das weiß ich. Dann werde ich ihr die Geschichte erzählen. Wenn sie mich nach dem Revolver fragt, weiß ich allerdings nicht, was ich sagen soll. Ihr gegenüber klingt das, was ich getan habe, lächerlich und melodramatisch. Im Grunde geht es sie nichts an. Oder vielleicht doch, nachdem wir gemeinsam hier oben waren? Nachdem sie Tausende von Kilometern an meiner Seite war?

Ich stelle fest, dass sich der Revolver und damit das, wofür er steht, tatsächlich erledigt hat. Was das künftig bedeutet, weiß ich nicht. Ich bin noch nicht soweit, mir ein Leben in Zukunft vorstellen zu können. Es lebt sich von selbst weiter, solange ich hier oben bin, in der Öde des Nordens, solange ich fahre, abends mein Zelt aufschlage, mit mir allein bin unterwegs oder abends im Zelt, wie jetzt.

Ich fühle mich geborgen. Ich habe hier eine Zuflucht gefunden, für Augenblicke oder Stunden, mehr braucht es nicht. Der Sturm ist vorbei. Oder er wütet noch dort draußen, dort oben am Ende der Welt. Das Licht ist es, das mich so stumm macht. Ich habe Sehnsucht nach der Dunkelheit, nach einer finsteren Nacht, in der man Lichter funkeln sieht und die Landschaft ein Scherenschnitt ist. Die Tage sind lang, ich fahre und fahre, bis es dunkel werden müsste, aber es wird nicht dunkel. Es bleibt stets dieselbe schmerzlose, geisterhafte Helle. Wenn die Sonne scheinen würde, wäre das vielleicht anders. Aber die Sonne habe ich seit den Lofoten nicht mehr gesehen.

Ich verstehe nichts. Ich schaue nur, mit großen Augen, wie ein Kind. Menschen leben selbst in den verlassensten Einöden, in der Weite namenloser Hochländer, in der Rentiersteppe, zerstreut in Häusern am kargen Meeresarm – es leben Menschen überall. Das verstehe ich nicht. Wozu? Wofür? Auch ich wohne hier, in meinem kleinen Zelt, geborgen und ausgesetzt zugleich.

Ich sehe alles und weiß nicht, was ich sehe. Ich kann nicht anders, ich kann nicht wegschauen. Möwen segeln gegen die weiße Mitternacht, Gestalten gegen eine ständige Kimmung, sie folgen den Fischkuttern, vollführen waghalsige Manöver für eine Krume Brot, folgen bald diesem, bald jenem, balgen sich um Abfälle. Ihre rauen Schreie von den Felsen, ihr Freund, der Wind, das graugrüne Meer, Regen und Nebel – auch die Möwen leben. Sie leben für sich, sie brauchen niemanden, der ihnen zusieht, damit sie leben können. Sie segeln weit draußen auf dem Meer, wo niemand je hinkommt, sammeln sich vielleicht auf einer namenlosen Insel.

Brauchen wir Menschen jemanden, der uns zusieht? Damit wir leben können? Damit wir wissen, dass wir da sind?

Da ist eine riesige Hand, die mich hält. Ich kann nicht herausfallen, ich kann nirgends versinken. Da ist ein Auge, das mich ansieht, und deshalb bin ich, wer ich bin. Nichts verbirgt mich vor ihm. Kein Stückchen Finsternis, kein Auge des Zyklons, keine Zuflucht vor dem Sturm, nein.

Myriel schläft, eingemummt im Schlafsack. Ich packe das Notizbuch weg, lösche die Laterne, lege mich dazu.

*

Um neun aufstehen. Waschen am Wassersack, der im Gestrüpp hängt. Zum Frühstück Marmeladenbrote, dann schlagen wir das Zelt ab und packen auf. Heute bin ich seltsam wortlos. Mir fällt nichts ein zu dem gestrigen Tag. Muss auch nicht. Er steht für sich selbst, fremd, einzigartig. Keine Verbindung mit dem Heute, als gehörte er gar nicht zu mir. Was war da? Völlig verrückt. Ein Geschehen außerhalb der Zeit. Es wird gut tun, einfach unterwegs zu sein und zu schauen, was die Strecke bringt.

Eigentlich wollten wir nicht mehr nach Kirkenes. Als wir in Neiden schon in der Nähe des Grenzübergangs waren, hätten wir einfach nach Finnland hinüberfahren können. Aber es gab weit und breit keine Tankstelle, und Myriels Tank leerte sich zusehends.

Die Strecke ist sonnig und windig, der Wind reißt die Wolkendecke auf.

In Kirkenes hört die E 6 plötzlich auf, die Straßen sind ohne Verkehrszeichen, und an der ersten Kreuzung, wo man Vorfahrt geben muss, wäre uns fast ein Unfall passiert. Wir kaufen in einem Supermarkt ein und bekommen auch den berühmten Ziegenkäse. Myriel will ihn unbedingt kosten. Ein karamellbrauner Würfel in Plastikfolie verpackt. Sie bricht sich draußen gleich ein Eckchen ab. Ich koste auch. Seifig und süß, absonderlich, ganz neu. Als erlebte ich alles zum ersten Mal …

Die Grenzstation in Neiden ist bloß ein Holzhäuschen an der Straße, Schilder mahnen zum Langsamfahren, aber niemand kommt heraus. Eine merkwürdige Grenze, mitten im Wald, als passierte man den Schlagbaum zweiter weltentrückter Fürstentümer. Die asphaltierte Straße wird zu einem Sand-und-Schotter-Weg, wir richten uns darauf ein, dass es hunderte Kilometer so weiter geht.

Am Inarisee.

Der Schotter reichte nur dreißig Kilometer weit, hinter Sevettijärvi war die Straße wieder asphaltiert. Wir sehen nur Wald, mannshohen Birkenwald und

Moor. Auf der Karte sehen wir, dass es die einzige Straße durch die Wildnis ist, der Wald dehnt sich meilenweit zu beiden Seiten. Er ist licht, immer hat man das Gefühl, an seinem Rand zu sein und drinnen, in seiner Mitte, würde er dunkel und still. Aber das stimmt nicht. Er ist überall so licht, wir sind mitten darin. Einige Einrichtungen für Touristen sehen wir, Kaufläden, die hier *kioski* heißen, und das blauweiße Schild für Übernachtungen. In den Weilern sehen wir heruntergekommene Trinkstuben in Holzhäusern, *baari* steht auf handgemalten Schildern, im Innern sitzen die Männer am Tresen mit einem Bier vor sich. Die Ortsnamen sind im Vorbeifahren unlesbar. Die Männer tragen Schirmmützen und steigen aus ihren Geländewagen, als seien sie dauernd auf der Jagd.

Inarijärvi. Der See ist kalt und weit. Waldbestandene Ufer, in der Ferne Hügel, die man hier *tunturi* nennt. Wir sind über die Straßenböschung hinabgefahren und einen Sanddamm mit Kiefern hinauf, haben zwischen den Bäumen abgestellt. Unser Zelt steht auf einer Sanddüne zwei Meter über dem Moor, das den See umgibt. Es ist hier trocken und windgeschützt, auch wenn der Wind die Mücken vertreiben würde. Das Wetter ist sonnig, die Temperatur fünfundzwanzig Grad, steigt am Mittag auf dreißig.

Unser Zelt ist keine Notunterkunft mehr, es ist ein Wohnort. Die Lust auf Ausflüge kommt wieder, Myriel atmet tief ein und genießt es. Wir erkunden das Seeufer und entdecken Sumpfbrombeeren: eine blassrote, sechsknollige Beere, die auf Stielen im Wasser wächst und auf Schwedisch *hjortron* heißt. Der See streckt sich weit bis zum Horizont. Wir hängen unsere Handtücher und Waschlappen in die Zweige zum Trocknen und reiben uns mit Mückenmittel ein. Das berühmte schwedische Dschungelöl, an dessen Geruch man sich gewöhnen muss. Wir sind ständig von einer Wolke von Mücken umgeben, ein feines Sirren begleitet uns.

Inarijärvi. Sandige Ufer, Sandgrund. Baumstümpfe stehen im Wasser, weiße Storren, Birken wachsen vom Ufer in den See hinaus. Man kann hineinwaten und die rauen Stämme mit den Händen umfassen. An Tümpeln wächst Wollgras, Krähenbeeren und Heidelbeeren gedeihen auf dem höhergelegenen Heideboden.

Die finnische Waldsteppe ist ein anderer Norden. Keine Fjorde, kein Fjell mit Tundra. Überall nur Wald. Rentiere sieht man jetzt oft. Am Straßenrand äsen sie mit ihren mächtigen Geweihen, werfen auf, wenn sie den Motorenlärm hören, setzen davon, am Straßenrand entlang mit ihrem eigenartigen Geläuf.

Finnland ist ein großer Wald, könnte ich erzählen. Eine Lust des Erzählens auf einmal. Man kann sich verirren und gerät an Seen, man kann sich nicht finden lassen und geht doch nie verloren. Der Norden ist ein einziger großer Wald, die Wasser, die dort fließen, sind friedvoll. Ein Märchenwald. Ich möchte nicht zurück. Ich möchte nicht hinunter in den Süden, zurück nach Deutschland und in die Universitätsstadt, zurück in mein altes Leben. Ich habe noch kein neues, also muss ich hierbleiben, bis die Zeit reif ist. Ich brauche mich noch nicht zu entscheiden, oder ich bin schon zu spät für eine Entscheidung. Ich bin frei und kann tun und lassen, was ich will. Ich bin frei, könnte ich erzählen und nicht erklären weshalb. Morgens breche ich auf und fahre die unbekannten Straßen, besorge mir in den Läden mein Brot, der Abend kommt ohne Dämmerung, im Licht schlage ich mein Zelt auf, bin immer irgendwo anders und immer irgendwo, habe kein Heute oder Morgen oder beides auf einmal, habe es selbst so gewählt. Ich pfeife das Liedchen vor mich hin, das mir eingefallen ist.

Diesen Norden kenne ich noch nicht. Damals fuhren Vera und ich die E 6 zurück, hatten zwei, drei Tage keinen Blick für die Landschaft. Sind nur gefahren, um wegzukommen von dem Unglücksort. Wir waren mit uns selbst beschäftigt, haben uns entfremdet, uns gegenseitig zerfleischt und uns doch aneinandergeklammert, um das Schreckliche zu vergessen.

Myriel ist guter Dinge. Der Ort gefällt ihr, sie streunt am Seeufer umher, pflückt Heidelbeeren und die Sumpfbrombeeren. Sie schmecken mild säuerlich, ein seimiger Geschmack mit mehliger Süße. Vielleicht bleibe ich noch einen Tag, ich habe Zeit. Hier, an diesem verwunschenen Ort, bin ich herausgenommen aus dem täglichen Unterwegssein. Ich kann mir nicht vorstellen, morgen schon wieder weiterzufahren. Ich will auf dem Dünenkamm sitzen, unter Birken, auf den See hinausblicken, eine Pfeife rauchen. Dann werde ich mit Myriel über alles reden, denke ich. Über Luleå, den Porsangen, über Jan und Vera und Lars. Wir werden uns Geschichten erzählen, ich werde die eine Geschichte erzählen, die ich nun im Gepäck habe. Ich kann über sie verfügen, was ich all die Jahre nicht konnte. Ich kann sie erzählen, wie ich von diesem Wald erzähle und von den friedvollen Wassern, die hier strömen.

*

Morgen am See. Das Wasser ist kalt und klar. Weit draußen glitzert die Sonne. Nahe am Ufer scheint sie hinunter auf den Sandgrund und lässt ihn leuchten.

Es war einmal ein Mann, der lebte im hohen Norden. Der Mann ist viele Tage unterwegs gewesen und hat sein Zelt aufgeschlagen, wo es ihm gefällt. Er hat kein Heute oder Morgen oder beides auf einmal. Sein Zelt hat die grüne Farbe, die einen glauben lässt, draußen scheine immer die Sonne. Er ist frei und schiebt den Hut in den Nacken, wenn er zu den Wolken aufblickt. Er steht bis zur Hüfte im Wasser, hat den Spiegel auf einen Stein gestellt und rasiert sich. Zehn Meter vom Ufer entfernt wegen der Mücken. Manchmal frischt der Wind auf und jagt ihm eine Gänsehaut über den Leib. Dann wärmt wieder die Sonne.

Er ist spät aufgewacht am Inarijärvi. Er ist hinunter zum See gegangen, hat sich ausgezogen und ist ins Wasser gestiegen. In der Morgensonne glitzert es weit draußen. Aus Westen schieben sich manchmal Wolken heran. Er denkt noch wenig in der Morgenhelle, wie er so steht im friedvollen Wasser und mit hingehaltener Wange in den Spiegel blickt. Manchmal richtet er sich auf und schaut über die Wasserfläche, dann fällt ihm eine Geschichte ein, von einem Mann, der auf den Freundschaftsinseln lebte und draußen in der türkisgrünen Lagune watete, das Wasser wie Glas, die Korallenriffe, an denen sich die Brandung brach, windstille Tage und warme tropische Wasser, genauso friedvoll wie diese hier, aber das ist nicht die Geschichte, die ich erzähle. Das ist nicht die Geschichte, die er erzählt. In der Geschichte, die er erzählt, kommt er selbst vor, aber als ein Anderer, ein Alias, ein Fremder. Er fühlt sich wohl als dieser Fremde, sich selbst fremd, sich selbst erzählend, wie er da im Wasser steht und sich rasiert. Immer irgendwo und schon nach Tagen vergisst man ihn, und nur manchmal träumt er schwer und fragt sich, ob es nicht Zeit wäre, zu bleiben und nun was ganz anderes zu tun. Doch wo die Wasser friedvoll strömen, da ist der Gang der Jahreszeiten wie ein Tag.

Nachher wird er sich eine Handvoll Heidelbeeren sammeln, es wird auf Mittag zugehen, und er wird hierbleiben noch einen Tag und vielleicht noch einen Tag, noch eine Mitternacht, wie sie sich glutig im Wollgrastümpel spiegelt, in den Mückensümpfen mit Bärlapp und Farnen, noch eine Weile bleiben hier am Inarijärvi.

Er liebt den See schon nach einem Tag. Er beobachtet seine Stimmungen im Wechsel des Lichts und des Himmels. Der Horizont ein dunkler Strich, Waldinseln treiben in zarten Farben, blanke Wasserstreifen mattgrau und silbern. Er sitzt vor dem Zelt und raucht seine Pfeife. Gestern Abend lag er im Zelt und hörte die Geräusche der Mitternacht. Rauchringe blies er gegen die Decke, als säße er am Kaminfeuer im Lehnsessel und hörte das Singen des Teekessels. Als wäre er schon zurück von seiner Reise ans Ende der Welt, *nach Nord und weit*, und begänne gemütlich zu erzählen von seinen Erlebnissen. Er hat sich das nie gewünscht auf dieser Fahrt: am Kaminfeuer zu sitzen und dem Singen des Teekessels zu lauschen, die Geschichte der Fahrt fertig zu haben und sie erzählen zu können, als ginge sie ihn nichts mehr an. Erzählen kann er auch hier, am Lagerfeuer mit dem Singen der Mücken, wie er so vor seinem Zelt sitzt und seine Pfeife raucht.

Am Horizont steht ein einzelner Waldrücken als blaue Wölbung gegen die Ferne. Die Wolken lagern dahinter und staffeln sich. Das Licht ist durchsichtig, die Helle gläsern, nichts, was man nicht sieht, und niemand, der nicht alles sähe. Gläsern wie Zauberberge, ein Vöglein kommt und wetzt seinen Schnabel daran, aber die Durchsichtigkeit wird nicht abgetragen, durch keinen einzigen Vogelschnabel, der Zauber bleibt und wirkt tausend Sekunden der Ewigkeit.

Seine Gefährtin ist unten am See. Nackt und

bleich steigt sie ins Wasser, mattgrau und silbern, zuerst vorsichtig mit einem Bein, dann staksend wie ein Reiher. Leise knistern die Libellen.

Zum Frühstück Rühreier. Zu Mittag Fischklopse in brauner Soße mit Kartoffelpüree. Unten im Moor lässt sich zur Mittagsstunde ein Frosch hören. Eben kommt sie vom See zurück und hat einen Topf voller Beeren gesammelt. Das Schlagen von Flügeln, wassergischtend zwei, drei Mal, dann das Tragen der Luft. Jetzt wäre ein Feuerchen nicht schlecht, denkt er.

Die Mücken hängen ihnen als singender Schwarm vor dem Gesicht, aber sie lassen sich nicht stören. Sie kochen Tee, die Beeren gibt es als Nachtisch. Gegen Abend kommt Kühle auf. Ein Boot sollten sie haben, drüben auf der Landzunge sehen sie eine Hütte mit einem Steg. Im Feldstecher erkennt er das Boot. Dorthin könnten sie wandern und fragen. Oder es sich nehmen. Wer wohnt hier in der Einöde? Eine Jagdhütte bloß, ein einsilbiger Fallensteller, der ihnen mit einem Wink alles überließe. Dann wären sie im kalten friedvollen Wasser unterwegs, zu einer der Inseln am Horizont. Das Wasser schwatzt leise gegen das Ufer.

Abends sitzen wir am Feuer.

„Erzählst du sie mir?“, fragt sie.

„Was?“

„Die Geschichte von Vera und dir.“

„Ja, das werde ich tun. Ich kann sie jetzt erzählen, das ist wie ein Wunder. Aber du wirst enttäuscht sein. Ich werde sie heruntererzählen wie einen Lebenslauf. Ich habe die ganze Fahrt darin gelebt, und jetzt ist sie leer, keine Gefühle, kein Schmerz mehr darin. Nur noch die bloßen Tatsachen, aber vielleicht erahnst du das Geschehene daraus.“

„Fang an!“

Ich erzähle. Dann das Ende: Ich hatte ja von Jan erfahren, dass er mit Vera geschlafen hatte. Vera wusste das nicht. Sie glaubte mir, als ich sagte, dass ich mit dem Tod von Jan nichts zu tun hätte. Ich überredete sie, es wie einen Unfall aussehen zu lassen, damit ich auf keinen Fall in Verdacht geriete. Wir ließen Jans Motorrad stehen und brachen auf, überließen es also dem Zufall, ob Jans Leiche gefunden würde und der Fall an die Polizei käme oder nicht. Die Ungewissheit und drohende Entdeckung einerseits und die zunehmende seelische Erschütterung Veras andererseits, ihr Hass und ihr Misstrauen gegen mich, machten die weitere Fahrt zu einem Alptraum. Ich verriet mit keinem Wort, dass ich von Veras Untreue wusste. In einer Hütte im norwegischen Fjell – ich kann bis heute nicht sagen, wo dieser Ort lag – kam es zum vollständigen Zerwürfnis, ein Bruch entstand, der, so wusste ich, niemals geheilt werden konnte. Vera nahm ihr Gepäck und fuhr mit dem Zug nach Hause, während ich noch eine Woche umherirrte, bevor ich mich ebenfalls auf den Rückweg machte. Von Vera hörte ich erst wieder, als sie mich ein paar Wochen später anrief und mir mitteilte, dass sie schwanger sei. Sie wandte sich um Hilfe an mich, was ich nicht verstand und was mich vollends davon überzeugte, dass sie mich ausnutzte und hinterging. Sie behauptete, es könne nur mein Kind sein – immerhin hatten wir auf der Fahrt auch miteinander geschlafen –, doch ich wusste es besser. Trotzdem half ich ihr bei der Abtreibung, stand ihr ein letztes Mal zur Seite und hoffte vielleicht, dass wir wieder zueinanderfänden. Dann brach Vera ihr Studium ab und auch den Kontakt mit mir, lebte ein Jahr ohne Ziel und zunehmend heruntergekommen in ihrer alten Studentenwohnung dahin und nahm sich dann das Leben. Ich erfuhr nur über ihre Eltern davon, die mir ebenfalls mit Misstrauen begegneten, obwohl sie von der Abtreibung nichts wussten. Die Polizei meldete sich nie bei uns, Jans Tod wurde als Unfall von den norwegischen Behörden aufgenommen und so den Eltern mitgeteilt. Ihnen sagten wir, dass wir uns unterwegs von Jan getrennt und seitdem nichts mehr von ihm gehört hätten.

Das ist die Geschichte. Das Feuer knistert und knackt. Ich rauche eine Pfeife und trinke heißen Tee. Es ist gut, dass ich sie erzählt habe. Und es ist gut, dass Myriel schweigend zugehört hat. Ihre Nachfragen stellt sie leise und interessiert.

„Und wie geht es dir jetzt?", fragt sie.

„Heute bin ich im Norden unterwegs und habe einen Ort gefunden, wo friedvolle Wasser strömen", antworte ich. „Ich finde Frieden."

„Frieden?"

„Ja, Frieden."

„Du hast den Revolver dabei", sagt Myriel, und am Feuer sitzend in der hellen Mitternacht hole ich ihn hervor und zeige ihn wie ein Relikt aus Urzeiten. Spanne den Hahn, drücke die leere Trommel heraus, halte die Patronen in der Hand und lasse sie glitzern im Mitternachtschein.

„Heute brauche ich das nicht mehr", sage ich.

Myriel rückt näher und legt ihre Hand auf meine Schulter.

„Das stimmt", sagt sie.

„Du hast du es gewusst.“

Sie nickt.

Wir schauen einander an, schweigend. Dann beuge ich mich vor und küsse sie auf den Mund, ganz sacht, und nehme ihre Hand. Sie legt ihren Kopf an mich und schließt die Augen. Später stehe ich auf, lade den Revolver und richte ihn gegen den Wald hinter uns. Dreimal drücke ich ab, der scharfe Geruch des Schießpulvers, es ertönt ein hässlicher, trockener Knall, der im Wald widerhallt. Und noch einer. Und noch einer. Jetzt ist die Munition verbraucht.

Lange sitzen wir am Feuer, das allmählich verglimmt. Wir halten einander sacht im Arm, wie um uns nicht zu verlieren, erzählen einander, was wir auf der Fahrt voneinander gedacht haben, was wir gefühlt haben, wie erleichternd es ist, dass wir uns berühren können.

*

Um zehn bin ich wach. Myriel ist an ihrer Maschine zugange und fettet die Kette. Zum Frühstück wieder Marmeladenbrote. Wir packen zusammen, sammeln die Handtücher von den Zweigen, schlagen das Zelt ab, werfen einen letzten Blick in die mit Sand zugeworfene Feuerstelle.

Um zwölf Uhr sind wir abfahrbereit. Das Thermometer zeigt dreißig Grad. Der Himmel ist blau, ab und zu kommen Wolken auf. Der Abschied fällt uns schwer. Wir haben das Gefühl, als wären wir eine Woche hier gewesen. Wir wollen nichts denken und fühlen. Wir warten auf den Augenblick, wenn wir wieder Straße unter den Reifen haben und das Unterwegssein beginnt.

Es tut gut zu fahren. Wenn ich erst eine Zeitlang auf der Maschine sitze, richte ich mich im Unterwegssein ein. Das Schwimmen des Vorderrads auf dem Schotter, besonders wenn der Tank leer ist. Durch das Gerüttel rutscht der Tankrucksack zur Seite, beim Fahren drücke ich ihn wieder zurecht. Im Helm der Geruch des Dschungelöls. In den Rückspiegeln sehe ich die Reisetasche, je ein Ende des Zeltsacks, dann Myriels Scheinwerfer. Eine Zeitlang begleitet uns das Ufer des Inari noch, dann schwenkt die Straße nach Westen ab.

In dem Ort Inari tanken wir. Wir kaufen ein, Bier und Brennspiritus, und schauen uns in einem Souvenirkiosk um. Die üblichen Rentiergeweihe und Lappenmesser, handgewebte Decken und Mützen im blaurotweißen Lappenmuster. Wir halten uns beim Herumgehen nicht an der Hand, sondern haben die Finger lose ineinandergehakt.

Die Berührung tut gut. Manchmal, wenn ich darauf achte, was das für ein Gefühl ist, spüre ich ihre kühlen, schmalen Finger. Ihre Hand ist ihre Anwesenheit: klein und selbstverständlich. Zum Essen besorge ich uns ein paar Frikadellen, Fischfrikadellen dem Geschmack nach, hier in Finnland bin ich sprachlich hilflos. Wir verzehren sie an einem Anleger sitzend und schauen auf den See. Ein Dröhnen am Himmel, ein Wasserflugzeug setzt zur Landung an. Das Wetter ist heiß, der Himmel wolkenlos. Finnischer Sommer.

Es gibt hier einen Lappenmarkt. Myriel erinnert sich an die Felle, die wir kaufen wollten, und auf aberwitzige Weise wird das doch noch wahr. Wir schlendern zwischen den Ständen herum. Die Felle interessieren uns, aber es gibt auch Handarbeiten aus Zinn und Leder, Schmuck, geflochtene Gürtel, Pantoffeln und Mützen. Die Felle sind schön. Man streicht mit der Hand darüber und fühlt das Behagen, die Gemütlichkeit, die sie verströmen werden in dem Zimmer, in dem sie einst liegen werden. Wir greifen hinein und prüfen, ob die Haare ausgehen. Es gibt auch Felle von Kälbern, schneeweiß und flauschig, das gefällt Myriel sehr. Wir wissen nicht, wo wir sie unterbringen sollen auf unseren vollbepackten Maschinen, aber endlich entschließen wir uns. Myriel kauft das Kälberfell und ich ein großes, samtbraun geschecktes. Wir lassen sie uns zusammenrollen mit der Lederseite nach außen und zusammenbinden. Dann packen wir sie in Plastiksäcke, und ich finde dafür Platz in der Verkleidung, wo sie beiderseits über den Streben liegen und während des Fahrens nicht nass werden. Plötzlich wird mir klar, was ich da tue: Es wird eine Rückkehr geben! Diese Felle gehören zu den Dingen, die mir ein Dasein zuhause vorstellbar machen.

Der Wald ist ein Meer und die Siedlungen Inseln in ihm. Sobald man einen Weiler verlässt, ist man in der Wildnis. Wir wissen nicht recht, wie wir hierhergekommen sind, aber wir befinden uns in Kittilä, wo Myriel wieder tanken muss. Seit Inari sind wir zweihundert Kilometer gefahren, ich weiß nicht, wo die geblieben sind. Die Ausschilderung ist dürftig, auf der Karte angegebene und vorgefundene Ortsnamen stimmen nicht überein. Wir sind Straßen gefahren, bei denen man spürt, dass sie die Wildnis durchqueren. Myriel gefällt es.

„Ohne dich würde ich das nicht erleben“, sagt sie.

Dreißig Kilometer fahren wir kreuz und quer und suchen einen besonders schönen Lagerplatz. Wir haben immer noch den Inarijärvi im Kopf, aber einen großen See gibt es hier nicht. Nur Sumpf und Flüsse. Es ist Nutzwald, das merkt man. Kilometerlang fahren wir wie auf Holztransportwegen durch Kahlschläge, an reglosen, schwarzen Mückenflüssen vorbei. Nur gelegentlich ist der Wald ein Märchenwald mit Fichten und Beeren und Moos. Vier Männer sitzen vor einer *baari* und winken uns zu. Um elf Uhr abends haben wir schließlich eine Stelle neben der Straße gefunden, im Gehölz. Schade, dass sich die Tage am Inari nicht wiederholen lassen.

Die Stelle gibt nicht viel her, nur einen Platz für unser Zelt. In Abständen von einer halben Stunde fahren Holzlaster hin und her. In der Stille dazwischen hören wir es bimmeln, eine Rentierherde weidet in der Nähe. Wir sitzen im Zelteingang, kochen unser Abendessen und essen die Fladenbrote aus Inari. Ich öffne eine Dose Bier. Ich genieße es, das erste Bier seit ichweißnichtwann, auch wenn es wie alles skandinavische Leichtbier fad schmeckt.

Die Landschaft macht mich unruhig. Den märchenhaften Frieden habe ich am Inari zurückgelassen. Zwar drängt es mich weiter, zu neuen Landschaften, nach Schweden hinüber; aber ich will nicht zurück und habe den Wunsch, mich hier zu verstecken. Wir können uns nichts vormachen: Der Höhepunkt der Fahrt ist überschritten. Wir haben kein Ziel mehr, um dessentwillen wir Strecke machen müssen. Das einzige, was die Fahrt noch hergibt, ist eine gelegentliche Urlaubsstimmung. Ich will das Überschreiten des Polarkreises so lange wie möglich aufschieben.

„Eigentlich sollten wir es noch ein bisschen schön haben“, sagt Myriel. „Jetzt, wo wir zusammen sind.“

„Und was ist mit Lars?“, frage ich.

„Ich habe ihn nicht vergessen.“

Vielleicht verzögert auch Myriel die Rückkehr in den Süden. Sie weiß, dass sie dann nach Luleå muss. Dass sich dann unsere Wege trennen.

*

In der Nacht tosen die Laster auf der Straße. Immer wieder werde ich wach. Es ist dumpf und schwül. Einmal höre ich in der Nacht ein langgezogenes Heulen. Ein Wolf. Mit angehaltenem Atem lausche ich, aber es bleibt still. Gegen Morgen höre ich wieder das Bimmeln, und als ich aus dem Zelt trete, sehe ich die Herde im Wald äsen. Ein weißes Kalb ist dabei. Manche Hirsche haben Glöckchen um.

Während wir frühstücken, grüßen die Lastwagenfahrer mit ihrem Horn. Von Südwesten kommen Wolken, es ist immer noch schwül. Die Mücken stechen.

Ich wünsche mir, zurückzutreten und diese Fahrt schon jetzt aus der Ferne zu sehen. Um mir ein Bild zu machen von dem, was geschehen ist. Das Muster zu entdecken, das darin verborgen liegt. Ich bin sicher, dass Gott sein Urheber ist. Dass er weiter daran wirkt, weil nichts ohne ihn geschieht. Darauf will ich vertrauen. Aber wie geht es weiter? Ist nicht noch ein Schritt nötig, in ein größeres Vertrauen hinein? Der Schritt in ein neues Leben. Das kann ich jetzt, hier im Norden, nicht überschauen. Ich würde gern mit Myriel darüber sprechen, aber das ist schwierig, sogar noch schwieriger, als die Geschichte von Vera zu erzählen. Es ist ja keine Geschichte. Es geschieht ja noch. Wir können nur Botschaften austauschen, uns Flaschenposten zuschicken auf unseren Inseln, auf denen wir hausen. Nein, die Geschichte wird sich erst zuhause offenbaren, vielleicht aus diesen Aufzeichnungen, und jetzt bin ich froh, dass ich sie habe. Vielleicht liegt in ihnen der Schlüssel, um das Geschehene zu entziffern.

Der Muonio ist ein Grenzfluss. Auf ihm verläuft

die Landesgrenze zu Schweden, aber kilometerweit gibt es keinen Übergang. Auf der einen Seite heißt er Muoniojoki, auf der anderen Muonioälven. In Muonio endlich überqueren wir ihn, ohne Zollformalitäten, und dann sind wir in Schweden. Die Schilder sind wieder lesbar, die Werbung an Kaufläden, die Autokennzeichen vertraut. Der Muonio ist ein typischer Nordlandfluss: stahlblau, reißend, breit, von Nadelwald gesäumt.

Tanken in Kannisvaara fünf vor fünf. Ich fülle auch den Reservekanister, weil ich dieser Wildmark nicht traue. Am Himmel dräut ein Gewitter, wir weichen ihm aus. In der Tankstelle kauft Myriel vier verschiedene Sorten Milch.

„Ich habe beschlossen“, sagt sie und zieht ihre Nase kraus, „dass ich alle Milchsorten in Schweden durchprobiere.“

Kurz nach sechs lagern wir neben der Straße am Torneälven.

Die Reichsstraße 395 ist schön zu fahren, guter Asphalt, eine gute schwedische Waldstraße. Das Harz duftet, in der Heide reifen Blaubeeren. Wir kommen gut voran, eine Zeitlang geht es wieder nach Norden. Der Torneälv umspült Geröll und Granitblöcke, dehnt sich blau und kalt, noch so ein Nordfluss. Wenn sich Wolken vor die Sonne schieben, wird das Licht grau und der Fluss wirkt violett, fast schwarz. Die Zeltbahnen flattern im Wind.

Ich liege im Zelt und rauche. So recht weiß ich nicht, was ich mit mir anfangen soll. Ich bin nicht mehr allein. Ich weiß nicht, ob ich allein sein sollte. Manchmal drängt es mich, ins Nachdenken zurückzufinden, aber ich weiß nicht, worüber ich nachdenken sollte. Es ist alles leer, ein blakendes Weiß, auf dem eine neue Geschichte entsteht, aber davon weiß ich nichts. Ich brauche nichts zu tun, sie schreibt sich von selbst. Das ist ein Gefühl, das ich noch nie in meinem Leben hatte: Mein Leben wird sich von selbst leben. Wenn ich mir vorzustellen versuche, wie es weitergehen wird, fallen mir nur Bruchstücke ein, kleine Geschichten: ganz unwahrscheinliche, alberne vielleicht, einfach so zum Ausdenken, zum Hererzählen, harmlos und wie ich gerade Lust habe.

Es war einmal ein Mann, der lebte im Norden im großen Wald. Aus dem Wald kam er nicht heraus. Bei ihm war eine schwedische Frau, die war ohne irgendjemanden unterwegs. Das wäre die Geschichte: damals in Lappland. Abends nahmen sie sich eine Hütte. Er kam vom Inari und hatte windstille Tage hinter sich. Die kalten, friedvollen Wasser, er wollte nicht weiterfahren und wusste nicht wohin. Damals lernten sie sich kennen, nannten sich beim Namen und sprachen Schwedisch miteinander, lachten viel. Am letzten Tag küsste sie ihn zum Abschied. *Käresta* schrieb er auf den Zettel, den er hinterließ, *jag älskar dej*! Ich liebe dich. Ich sehne mich nach dir. Nach deinen Augen, nach den silbernen Perlen in deinen Ohrläppchen, nach deinen schmalen Händen, die ständig finden, was ich vergeblich suche. Ich kann nicht über dich schreiben, denn es gibt dich gar nicht. Es gibt uns nicht. Wir fuhren durch die hellen Nächte, die Städte waren wie ausgestorben. An einem Strommast hing ein Schild, *Jesus liebt dich*. Im Vorbeifahren dachte ich, dass ich das glaube. Dass dies die Wahrheit meines Lebens ist. Wir fuhren und fuhren und konnten nicht aufhören. Du musst dich mir anvertrauen, sagtest du. Wir blätterten im Wörterbuch. Trau dich, trau mir. *Tro på mej!* Sie lachten viel und verstanden einander nicht. Heute verstehe ich mich und wüsste gerne deinen Namen wieder, meinen Namen, denn Namen sind mir sämtlich entfallen. Der Augenblick ist namenlos, die Orte, die Gelegenheiten, niemand kennt ihre Bedeutung. Sie trennten sich, und er wusste nichts mehr von ihr, sie sandten einander keine Botschaften. Heute liege ich im Zelt und rauche, draußen tost der Fluss, ich trinke heißen Tee und denke an dich. Wir sind uns fremd, jeder sich selbst. Vertrau mir, sagtest du. Dabei bin ich bloß ein Taugenichts, ein Tagträumer, ein windiger Geschichtenerzähler. Es wird spät im Zelt am Fluss, ich muss hier abbrechen, Liebste, und werde dir morgen mehr schreiben, wenn ich kann und wenn ich nach der Fahrt und den Erlebnissen des Tages Ruhe finde.

Abend zum Fluss. Der graue Strom, weißschäumend im Zwielicht. Über den Bäumen der Himmel. Es ist still auf der Straße.

*

Myriel macht Lärm beim Zusammenpacken und weckt mich um zehn. In Unterhose und T-Shirt gehe ich zum Ufer und wate hinein in den kalten Strom, wasche mich, bis mir die Haut gefriert. Die Beine stehen gegen die Strömung, gischtend tauchen die Arme ein. Wenn ich die Hände zu einer Mulde schließe, ziehen sie grünweiße Fäden im Wasser. Zum Frühstück Marmeladenbrote und Milch. Eine hohe Wolkendecke zieht auf mit bauschigen Cumuli darunter, die Sonne wärmt.

Im Vorbeifahren das Schild: *Masugnsruin.* Wir schlagen nach und übersetzen, dass es sich um die

Ruine eines Hochofens handeln muss. Wir stellen am Straßenrand ab und folgen einem Trampelpfad durch Heidewald. Das Gras duftet. Wir treten auf eine Lichtung hinaus: Augentrost, Weidenröschen, Klee, von Hummeln behängt. Die Ruinen sind ein paar aufeinandergeschichtete Steine, Mauern und eingelassene Fundamente, eine alte Eisenherzverhüttung, die vor Jahrhunderten hier betrieben wurde. In der Umgegend rauchten Kohlemeiler, um den Brennstoff für die Schmelzöfen zu liefern, aus den Erzgruben holte man das Rohmaterial. Die Anlage ist zum Fluss hin offen, vielleicht wurde er als Transportweg genutzt.

Versonnen streunen wir durch den Heidewald, stöbern zwischen den Steinen, in den Spalten huschen Eidechsen. Myriel ist nachdenklich, das spüre ich. Manchmal schaut sie mich an, der Wind weht ihr die Haare ins Gesicht, dann streicht sie sie mit der Hand hinters Ohr zurück. Vielleicht denkt sie an Luleå. Wir reden wenig, sind froh, dass wir einander haben. Ich merke, dass ich nicht verliebt bin. Es ist etwas anderes, was ich für Myriel empfinde. Weniger und zugleich mehr. Es ist eine Geschwisterliebe, eine zutrauliche Gefährtenschaft, die uns verbindet. Beide fürchten wir, dass sie nicht länger als diese Fahrt dauern wird.

In einem Kramladen kaufen wir ein. Wir grüßen mit *Hej* und werden zurückgegrüßt. Wir kaufen weiches süßes Brot, das in Zellophan verpackt ist. Streichhölzer. Wir machen uns über uns selbst lustig, hier, beim Einkaufen in einem schwedischen Laden an einem sonnigen Nachmittag jenseits des Polarkreises. Alles ist so einfach und klar. Die Dinge sind eindeutig, die Menschen mit sich im Reinen, der Fluss kalt, der Himmel blau, die Straße lang. Wir sorgen für uns. Das ist ein simpler Zusammenhang, ein Kontext, in dem wir beide eine sichere Bedeutung bekommen. Zuhause werde ich mich daran erinnern, doch das wird den Zusammenhang nicht wieder herstellen. Das könnte nur das erneute Unterwegssein. Aber vielleicht kann ich, beim Singen des Teekessels, darüber staunen, dass es einmal einen solchen Zusammenhang in meinem Leben gegeben hat.

Halb zehn. Wir haben einen Lagerplatz in der Nähe eines Wasserkraftwerks gefunden. Der Store Luleälven hat sich eine tiefe Schlucht in den Fels gegraben und läuft am Grund als schmales Rinnsal. Wo einst die Wasser rauschten, liegt nun alles schwarz und still. Neben der Straße steigt der Fels in bequemen Terrassen abwärts, wir lassen die Motorräder stehen und tragen das Gepäck auf ein

Plateau, wo wir das Zelt aufschlagen. Hinter uns erhebt sich ein Berg in den Himmel, hinauf ins Fjäll. Am Straßenrand sind wir immer wieder handgeschriebenen Schildern begegnet mit *rökt fjällfisk*, geräuchertem Bergfisch, ja, es stimmt, wir sind wieder im Gebirge.

Viertel nach elf. Draußen graue Dämmerung. In den Felswänden gegenüber schreit ein Raubvogel. Heute kochen wir Frikassee, voraus eine Suppe. Dazu essen wir die süßen Weizenfladen aus dem Kaufladen, mit Butter und Käse. Teekuchen heißen sie übersetzt. Die Mücken stechen schmerzhafter als sonst, wir ziehen uns ins Zelt zurück und schließen den Reißverschluss. Morgen Mittag erreichen wir Jokkmokk und den Polarkreis.
Von Jokkmokk aus geht die Straße nach Luleå ab. Ich werde die Reichsstraße 343 nehmen in den Süden. Bei einer Tagesleistung von fünfhundert Kilometern kann ich in zwei Tagen in Südschweden sein. Myriel weiß, dass der Moment gekommen ist, an dem wir uns trennen müssen. Es gibt nichts zu sagen. Diese Fahrt wäre ohne sie anders ausgegangen. Ein Leben zuhause kann ich mir zwar immer noch nur schwer vorstellen, aber es ist jetzt unausweichlich. Daheim werde ich Myriel anrufen, und wir werden vielleicht gemeinsam essen

gehen oder uns zum Tee treffen, wir werden herauszufinden versuchen, was übriggeblieben ist von unserer Verbundenheit während der Fahrt. Vielleicht wird es uns zusammenführen. Vielleicht wird sie auch nach Luleå zu ihrem Freund ziehen oder sie wird ihre Beziehung mit ihm beenden. Irgendwann wird ihr Vater sterben, dann wird sie vielleicht jemanden zum Zuhören brauchen. Und ich? Werde ich wieder Neues Testament lehren, mit den Studenten bei Wein im Alten Stift zusammensitzen und über die synoptische Frage disputieren? Wird es irgendwann ein eigenes Büro für mich geben, als Professor? Ich weiß es nicht. Das Alte ist mir abgenommen, ich kann es erzählen. Und das Neue wird sich einstellen wie ein unerwarteter Gast. Ich brauche nichts zu tun. Es geschieht alles von selbst. Ich weiß, dass es Gott ist, der die Zeilen schreibt.

Unsere Bücher im Internet:
www.pendragon.de

1. Auflage

Originalausgabe
Veröffentlicht im Pendragon Verlag
Günther Butkus, Bielefeld 2008

Lektorat: Günther Butkus
Umschlag: Uta Zeißler (www.muito.de)
Umschlagfoto: Rainer Gross
Motiv: Inarisee in der Mitternachtssonne
Satz: Pendragon Verlag auf Macintosh
Gesetzt aus der Adobe Garamond
Druck: AALEXX Druck GmbH, Großburgwedel
ISBN 978-3-86532-999-8
Printed in Germany

Rainer Gross, **Grafeneck**

Originalausgabe, ISBN 978-3-86532-063-6
192 Seiten, 5. Auflage, Paperback, Euro 9,90

Ausgezeichnet mit dem Glauser für das beste Krimi-Debüt 2008

»Ich weiß von nichts. Hier in Buttenhausen ist kaum was passiert. Nazis haben wir keine gehabt, und die Juden waren schon weg.«

Vergangenheit ist nie vorbei. Auch nicht am Ende der Welt, in einem Dorf auf der Schwäbischen Alb. Ein brutales Verbrechen bringt die Erinnerung zurück. Viele sagen, Hermann Mauser sei ein verschrobener Kauz. Ein Eigenbrötler. Das stimmt. Schon immer gewesen. Als er den toten Mann im Berg entdeckt, wird die Vergangenheit wieder lebendig. Und Hermann Mauser erkennt, dass es Verbrechen gibt, die nie verjähren. Und Schuld, die niemand vergeben kann.

»Nach Andrea Maria Schenkels ›Tannöd‹ ist ›Grafeneck‹ ein weiterer Heimatroman, der die Grenzen des Krimigenres behutsam weitet.«

Sylvia Staude, FRANKFURTER RUNDSCHAU

Frank Göhre, **MO**

Der Lebensroman des Friedrich Glauser

Originalausgabe, ISBN 978-3-86532-085-8
256 Seiten, Festeinband, Euro 19,90

Friedrich Glauser gilt als Vater der deutschsprachigen Kriminalliteratur.

„Mo – Der Lebensroman des Friedrich Glauser“ ist eine literarische Annäherung an diese „Vatergestalt“. Glauser war seit früher Jugend süchtig. Zeitlebens war er vom Morphium beherrscht, vom „Mo“, wie er es nannte. Von seinen 42 Lebensjahren verbrachte er über acht Jahre in Irrenhäusern und psychiatrischen Anstalten. Dort schrieb er seine ersten Romane um den „Wachtmeister Studer“.

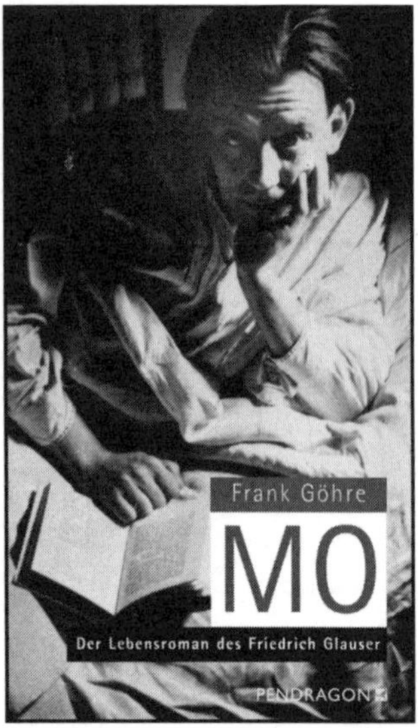

Frank Göhre zeichnet das Bild eines in sich Verstrickten, eines Umtriebigen, spürt den Möglichkeiten und Wirklichkeiten eines gelebten Lebens nach, sieht in Glauser einen Zeitgenossen. Das Faktische der Biografie öffnet sich der Fiktion und umgekehrt, wird zu einer Variation, zum Roman einer Lebensgeschichte voller Brüche und Lücken.